GOBOOKS
& SITAK
GROUP ©

GOBOOKS
& SITAK
GROUP©

三日月書版

三日月書版

volume 3
matthia 著
hinayuri 繪
「無威脅群體庇護協會」
Unthreatening Creature Protection Association
三日月書
BLO5

Unthreatening Creature
Protection Association

無威脅群體庇護協會

Unthreatening Creature Protection Association

Contents

德維爾．克拉斯

Unthreatening Creature Protection Associatio
Character : Deville Coraci

Profile

性別：男性

職稱：「無威脅群體庇護協會」救助部門－調解員

擁有「真知者之眼」的神祕人類。

約翰．洛克蘭迪

Unthreatening Creature Protection Association
Character : John Lockland

「Profile

性別：男性

職稱：「無威脅群體庇護協會」救助部門－調解員

備註：克拉斯的搭檔

個性溫和勇敢的平凡血族。」

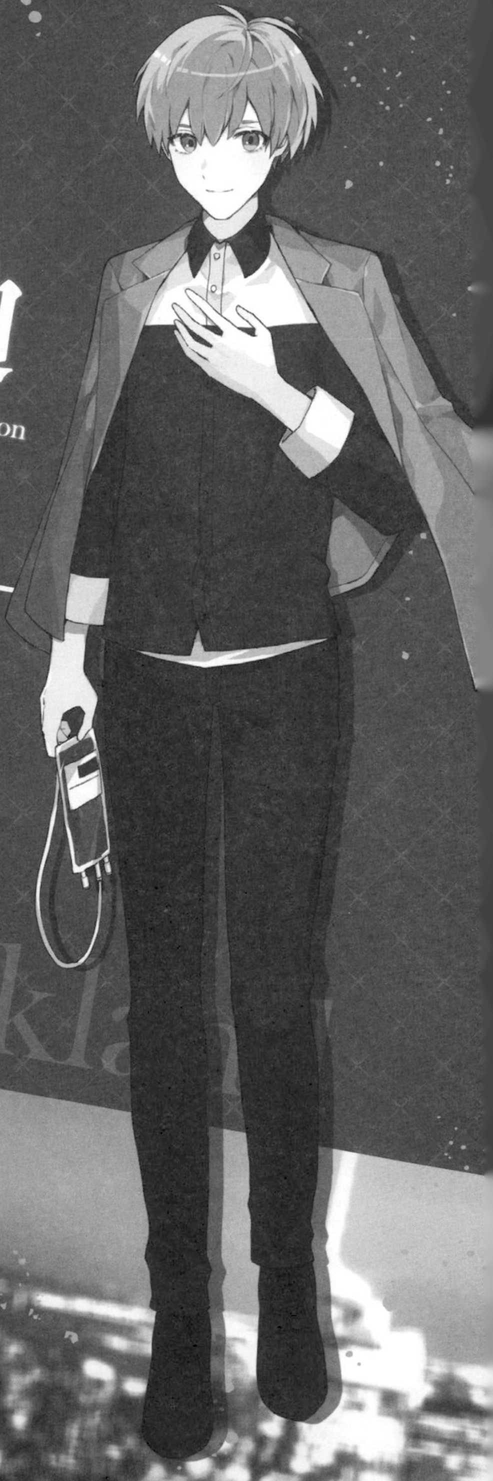

John Lockland

Unthreatening Creature
Protection Association

Chapter 18

破曉警報

「你們先繼續……我得回去一下。」克拉斯匆匆地轉身。

約翰叫住他，他只是回答：「人類有各種問題要處理，我馬上回來」，便頭也不回地跑出去。

約翰想跟過去，丹尼阻止了他，「別這麼擔心，人類嘛，在早晨總得用用盥洗室什麼的……別大驚小怪。」

克拉斯離開時遇到了麗薩和卡蘿琳，他簡單地打了招呼，兩個女孩沒發現有什麼不對勁。他回到房間，鎖好門，撥通路希恩的電話。

得知真知者之眼失效了，路希恩也很吃驚。在以往的研究資料中，這種能力不會被魔法或藥劑影響，除非那個人自己的眼睛出現病理症狀。可是克拉斯的普通視物能力很正常。

在路希恩的指導下，他利用房間裡的物品做了幾個小測試，結果證明，他的眼睛完全沒有問題。

「從什麼時候開始的？」路希恩問。

「大約是昨晚，午夜之後。」克拉斯記得，酒會剛開始時他還辨認出了人間種惡魔、烏拉爾山熊人等等，那時他的眼睛還沒出問題。

從施法探知亞瑟失蹤時的畫面起，真知者之眼就已經不起作用了。那時他沒有及時發現，酒精讓他昏昏沉沉。回房間後，他醒來過一次，那時燈光很昏暗，他也很睏倦，面對約翰時也沒發現什麼不對勁。

路希恩知道那個用酒來觸發的法術，甚至他也知道克拉斯是何時施法的。畢竟克拉斯身上有監控符文，他每次施法、靈魂波動、身體生理上的變化等等都會被記錄下來。

「等你回來後再做仔細的檢查吧，現在我沒辦法得出結論，」路希恩說，「不過，我可以坦誠地告訴你，這不是好現象。」

「為什麼？」

「你應該也知道，身體與靈魂不可分離。這二者也與『真知者之眼』同樣不可分離。從幾百年前起，黑月家就關注過這個能力，我們的採樣不算多，僅從已有的記錄來看，除了持有者罹患眼疾失明外，以往從沒有真知者之眼失效的情況……只有一種情況除外。」

「什麼情況？」克拉斯幾乎屏住呼吸。

路希恩停頓了一會，似乎在思考比較合適的措辭，「靈魂憑依。也就是還魂屍。」

還魂屍和幽靈附體並不一樣。幽靈附體時，宿主的身體與自身靈魂從未分離，只是讓幽靈有個能容身的地方而已。比如海鳩和兀鷲就「住過」克拉斯的身體，兀鷲甚至還住過汽車座椅呢。

還魂屍則分為兩種：一種是，人死後身體失去活性，有東西來借助他的身體行動、生活；另一種是，死者本人的靈魂被各種原因遷離，但並沒消散，等他能夠回來時，身體已經變成了屍體。這時他只能以還魂屍的形式復活，即使用的是屬於自己的肉體。

後一種情況下，真知者之眼會暫時失效，但還是能漸漸恢復。而前一種，也就是人類已死，軀體被別的東西憑依時，靈魂和身體並不能同調，於是真知者之眼就會失效。

「這不可能……」克拉斯深吸一口氣，看著自己的手指，「我從小就有真知者之眼，現在我已經二十七歲了。我不可能是……還魂屍是不會成長和衰老的！它們就像吸血鬼一樣……」

「我知道你不是，」路希恩說，「可是你確實出現了身軀和靈魂不同調的現象，也許和那幾次被吞噬靈魂的經歷有關，確切原因還得進一步排查。」

接下來路希恩又解釋了些現象，克拉斯的思緒一直在亂飄，大多都沒記住。直到路希恩說：「聽說你們去見亞瑟了？他對麗茨貝絲沒有表現出敵意吧？」

「沒有……為什麼這麼問？」

路希恩嘆息：「你也知道，他曾屬於黑月家。根據記載，在他成為血族後，當年黑月家曾經派人誅殺他，但失敗了。」

「因為他太強大？」

「不，記載上說，獵殺者已經把銀楔釘進了他的左胸，把他釘在地上，準備砍掉他的頭，誰知道他竟然還能行動，跳起來逃走了。」

克拉斯也感到吃驚，「真的？不管是多強大的血族，心臟被銀楔刺穿時都會喪失行動能力！」

「這就是神奇的地方了，」電話那頭的路希恩輕笑，「你關注過醫學上的特殊病例嗎？有種人的器官是反向的。亞瑟就是那種人。銀楔根本沒插進他的心臟，因為他的心臟在右側。」

兩個亞瑟仍被分別關押，其他人則聚集在宴會廳裡。麗薩有個比較直觀的辦法：讓他們哭。誰的眼淚能治好卡蘿琳，誰就是真的。

「誰不願意哭，誰就是假的。」卡蘿琳早已經吃過了那堆噁心的內服藥劑，現在就差眼淚了。

麗薩事先準備了兩個咖啡匙大小的漏斗，下面連接著軟塑膠小瓶。約翰和保爾一人拿著一個，分別走近兩個亞瑟。

起初，麗薩想代替約翰去。因為「亞瑟們」身邊五英尺內，都被加持了不下六七種專門針對血族的束縛魔法，約翰如果靠得太近，也會寸步難行。但是，畢竟要面對的有可能是假亞瑟，約翰認為不能讓麗薩冒險。

一個小老頭法師給了約翰一枚戒指，「戴上它，你能在束縛魔法範圍內自由行動。當然啦，血族異能和法術仍然沒辦法施展，起碼它能讓你在裡面走路。」

老人就是在酒會上和克拉斯聊魔像的那位。約翰感謝地對他點點頭。

接著的問題就是……到底要怎麼讓「亞瑟們」哭。

打哭他們是肯定不行的，門科瓦爾家的孩子們首先就不會同意。

大笑也會產生淚水。老法師變了幾個幻術戲法，從臘腸犬游泳到胖貓撓不到脖子，「亞瑟們」笑得東倒西歪，但是眼淚太少了，黏在睫毛上的那麼一點點根本不夠，無法收集。

對血族講悲慘的故事肯定不行，亞瑟活了那麼久，見過的悲慘場面夠演十幾季連續劇了。

他們兩人都聲稱正在努力回憶慘事，努力快點哭出來。其中一個亞瑟講起了自己和第一個支系後嗣的事。

在他提起之後，另一個也立刻接上了話題。兩個人對這件事都同樣了解。

他們說，那時他剛成為血族不到一百年，仍如身為人類時一樣，穿著黑色的戰甲馳騁於戰場。

他是吸血鬼騎士，有強悍的力量和超越人類的敏捷。黑月家不再承認他，甚至試圖殺死他，但他並不懷恨，而是選擇了默默遠離，繼續為自己的故鄉而戰。

有一天他在戰場上救下來一個人類青年，是個騎士侍從，名叫薩特，其主人已經戰死。薩特沒有死於戰爭，卻因疾病和傷口感染而逐漸衰弱。了解薩特在世上再無親人後，最終亞瑟選擇了轉化他。初擁帶給他痛苦，也治癒了他的一切疾病。

從此以後薩特也是門科瓦爾家的一員，並且成為了亞瑟的侍從。

講到這裡時，其中一個亞瑟說：「面對永遠的時間，也許我眼前出現的是無盡的玫瑰與歌聲，但在別人眼中……也可能只有一片黑暗。我想當然耳地認為薩特能逐步適應血族生活，卻沒想到，才過了不到三百年，他開始崩潰了。」

另一個亞瑟也說：「薩特開始仇恨我。他欺騙我，讓我走進了魅影蟲的巢穴。你知道嗎？那些怪物沒辦法吃血族的身體，卻可以感染我們。我中了毒，身體虛弱，睜開眼睛就是恐怖的畫面，幾乎發瘋。」

兩個亞瑟你一言我一語，敘述著同一件事。

「同時，薩特也沒能全身而退。他同樣被蟄傷了，只是沒有我嚴重，」正說著這些的亞瑟聳聳肩，「我掙扎著逃脫了。當年的古魔法研究還不像現在這麼沒落，我的血族長輩為我找到了救治方法，我被治好了。」

「家族捉住了薩特，控訴他企圖謀害我。這時候他也被幻覺侵蝕著，在地牢內幾乎出現自殘行為。」

「薩特親口承認，他恨我。他還說，當初在戰場上他就應該追隨騎士主人死去，為信仰殉葬。而我的出現讓他軟弱，讓他決心動搖……他違背誓言苟活下去，一年又一年。他說他常夢到那位騎士，騎士震驚於他的懦弱，審判他，喝斥他，為他變成黑暗生物而痛心。」

「我的血族父親說過，其實，不到兩百年的時間就足夠讓人的神智開始混亂，過多的情感和記憶會把人逼瘋，這時就需要家族和保護者去引導他們，調整狀態，讓他們度過難關。轉化薩特時，我第一次擁有自己的子嗣，可是……我沒能好好引導他。」

「他的精神幾近崩潰，不僅憎恨我，還遷怒家族。他殺死了幾個守衛，吸乾了審問記錄員的全身血液以及靈魂，他變得更強大，逃離了地牢……」

「第二天，家族長老們一致通過了永世獵殺令。」

隔著一堵牆，另一個亞瑟苦笑著，繼續感嘆自己的錯誤。

「其實只要靠近薩特，我就能感覺到他，因為他是我的子嗣。即使得知他在逃亡中經常濫殺無辜，我也沒有親自獵殺他，我總覺得這些應該交給別人做……甚至，當我知道他也身在吉毗島時，我還偷偷見過他一面。我……」

他的肩膀塌下來，有點歉意地看看身邊的獵人保爾，「我告訴他有獵人要來找他，並且叫他離開……」

「你的子嗣，那個墮落者，他不會和你長得一樣吧……」保爾嘟囔著。

「當然不，薩特是紅髮。我們又不是人類父子，怎麼會一樣……天哪，想起他我就難過，我怎麼還不流眼淚？」

聽到這裡，約翰發現自己身邊的亞瑟抖了抖肩膀，仍帶著海水味道的頭髮隨著面部低垂下去。幾滴淚水滑進小漏斗與塑膠瓶內。

因為有老法師給的戒指，即使在束縛魔法內約翰也能走動，他轉過身，把塑膠瓶交給門口的麗薩。卡蘿琳興奮地走過來，催促麗薩快點把眼淚滴進她的眼睛裡。

「等一等！」另一個亞瑟說，他看不到隔著一堵牆發生的事，只看到了兩個人類女孩靠近，「他哭了？隔壁那個冒牌貨哭了？這不可能！他不是真的，他的眼淚沒用的！」

卡蘿琳已經摘掉了小漏斗，把塑膠瓶裡的液體滴進眼睛。起初她還想過把兩個亞瑟的眼淚一個滴一邊，只可惜，按照說明只有雙眼都滴入才能生效。仰頭閉眼幾秒後，她睜開眼，視覺短暫地消失了。眼前是一片雪花雜點，就像故障的電視機一樣。幸好這沒有持續太久，她還沒來得及抱怨，視覺就恢復了。第一個映入眼簾的是麗薩的臉。黑髮簡單束在腦後，正在扶眼鏡的女孩麗薩。

「天哪！」她看向四周，因為天亮而抱著黑袍、隨時準備穿上的丹尼，房間裡傻乎乎地站著的約翰，一切都恢復了！

約翰身邊的亞瑟吹了一聲口哨，「生效了？人類女孩，祝賀妳！我知道被幻覺困住的滋味，很榮幸能幫助妳。」

丹尼和門科瓦爾家的血族們齊齊看向另一個亞瑟。冒充和攻擊高位長者是何等不敬，這樣的血族足夠也被判為墮落者，遭到獵殺。

「怎麼了？難道……」保爾身邊的亞瑟掙扎起來，「不可能！隔壁那個怪物的眼淚生效了？」身在束縛魔法內，他難以行動。他開始用盡全力掙扎，驅動身上的血脈力量，力求破除法陣。當然這沒那麼容易。

「法師！快解除束縛！」他高喊，「如果他的眼淚真的生效了……那麼我知道他是誰了！我知道了！他是薩特！」

幾分鐘前他還說「另一個亞瑟」不可能是薩特，如果這是謊言，也未免太可笑了點。隔壁房間的亞瑟沒有掙扎，只是一邊擦眼淚一邊請求僕人們拿件衣服給他，他還想沖個澡。

「薩特也是痊癒者！當初是我的眼淚治好他的！他的眼淚同樣會對女孩生效！」這邊的亞瑟喊著，「剛才我沒認出他！因為……如果薩特近在咫尺，我應該能感應得到才對！為什麼我感覺不到是他！這究竟是……」他肌肉緊繃，用力量沖刷防護法術。一聲脆響，他手腕上的銀鐐銬裂開了。

「阻止他！」丹尼在房間外高喊。獵人保爾知道不管這個血族是誰，他的強大毋庸置疑，一旦他掙脫，後果會不堪設想。保爾的袖子裡滑出一把半臂長的錐形鋒刃，銳利的銀光在一瞬間釘入血族胸口。

銀楔釘穿心臟，這對血族而言是極恐怖的損傷。年紀尚小的血族有可能因此被燒得發瘋而死，年長的、足夠強大的並不會死，但會在痛苦中被禁錮住，意識清醒而不能移動……這時候獵人能很容易就砍掉他們的頭。

保爾眼前的血族悶哼一聲，向後倒下，黑色的血溢出傷口。就在保爾打算去門前拎起砍刀時，黑色血液形成了無數細線，開始向傷口回縮！

血族痛苦地呻吟著，伸手握住銀楔，發出嗤的一聲。他不顧掌心的疼痛，在慢慢坐起來的同時，一點點自己拔掉了銀楔。保爾震驚地看著他。

血族扔掉銀楔，痛得眉毛絞成一團，「第二次！我是第二次被銀楔刺穿了！天哪，我真的是亞瑟！快解除這該死的束縛魔法！」

約翰正戴上絕緣手套，在管家的示意下打開了「亞瑟」手上的銀鐐銬。他聽到了另一邊的聲音，稍一遲疑時，手臂傳來幾乎令人暈厥的劇痛。

在束縛魔法內，血族不能行走，但卻能小範圍地活動肢體。椅子上的血族動作非常快，約翰根本來不及反應。已被解開的銀鐐銬絞著他的手臂，手腕被反折扭曲成一個可怕的角度，他手上的手套和戒指被一起剝了下來。

老法師和兩個人間種惡魔手忙腳亂，想解除束縛魔法，這樣其他血族才能進去增援。卡蘿琳奪過旁邊血族手裡的手杖劍，第一個衝進去。手杖劍輕飄飄的，一點都不順手，唯一的優點是它鍍了煉銀塗層。她很清楚自己一對一打不贏血族，她的目的是不讓對方戴上那枚戒指。

墮落者想戴上戒指獲得自由行動的能力，卻一直沒有機會。卡蘿琳俐落的動作令他暗暗吃驚。細刃的目標是他的前胸，卻被手臂擋住了，他猛地揮開，纖細的劍身折斷，卡蘿琳也因為這股力道被甩在牆上。墮落者不畏疼痛，直接握著鍍銀細刃刺向身後的約翰。幸好束縛魔法在這瞬間被解除了，約翰恢復敏捷，及時躲開。

克拉斯剛剛推開大廳的門，氣喘吁吁地跑進來。他注意到約翰在大廳最裡面的房間裡，位置非常不便於躲避和逃離。他身後，一些先前不敢靠近的賓客也壯起膽子跟了過來——人類都敢衝進去，我們還怕什麼。

在墮落者想衝出房間時，真正的亞瑟已經擋在門前。外面是門科瓦爾家的十幾位僕從，還有賓客中的法師與惡魔，墮落者已經無法逃脫。

「你真的是薩特？」亞瑟靠近一步，薩特不自覺地後退。

「是，」墮落者點點頭，臉上竟然露出笑意，「主人，父親。我很了解你吧？模仿得是不是非常像？」

「你到底想要什麼?!」亞瑟吼道。

「殺死你，取代你，然後殺光他們，」薩特掃視外面的血族們，「可能會留一個，也許是獵人丹尼，以便讓門科瓦爾家以為是你幹的。這樣我就也可以去死了。」

他的發言簡直莫名其妙。也許真的如亞瑟所說，他的精神早就不正常了。

「我不想獵殺你，」亞瑟說，「你可以逃到任何地方去……只要你不要靠近門科瓦爾家的人，也不要濫殺，你就可以好好活下去……不，就算你想死也不會有人阻攔！」

他停下來想了想，「薩特，前不久我們剛見過面，就在吉毗島上，那次會面的事我沒告訴任何人。難道從那時起你就已經想要……」

「比那還早，」薩特仍然盯著亞瑟的臉，但神情已經大不一樣了，「至於那次會面……想偽裝成你，總得仔細看看你現在是什麼樣子。雖然吸血鬼通常不會有多大改變。」

「你是怎麼做到的……」亞瑟打量著薩特。

薩特身上的並不是幻術，而是變形類的法術。除此之外，他身上多半還有一兩個阻擋感知的咒語，讓亞瑟沒辦法感覺到他在附近。現在想想，能達到這些效果的古魔法確實存在，可是薩特並不是施法者，他連最初級的血族魔法都沒有修習過。

「不久前，我想用一個人類進食，」薩特毫不在意地講出緣由，「也許是你的賓客？總之，是個施法者。他反抗，還對我施法……當他知道我是門科瓦爾的墮落者後，他說能幫我。」

這種奇怪的、毫無道理的行事方式非常耳熟。聽到這裡時，克拉斯感到脊背發冷。他想起那個一直出現在協會案件記錄中的男人。

「你見到的是誰？」亞瑟繼續問。

薩特搖搖頭，「我不認識，也對他的身分不感興趣。他說能幫我，我就讓他做。」他攤開手，動動腳步，「哈，我看起來真的很像你。」

克拉斯忍不住插話：「你見到的到底是誰？告訴我他的樣子！」

「這已經不重要了，」薩特嘆口氣，「而且，我是真的不知道那是誰。」

他抬頭看向亞瑟，表情困惑又痛苦，一如曾經失去主人的騎士侍從。接著他又看看揉著腰部剛爬起來的卡蘿琳，再低頭看向約翰……

就在他神色恍惚之際，亞瑟已經衝到他面前，沾著血液的銀楔刺進他的胸口。這一剎那，薩特的臉上呈現出一種扭曲的笑意。

白光以他為中心爆裂開來，伴隨著震耳欲聾的巨響。

大多數人都毫無防備，瞬間被白光照得失去視力。就在前半秒鐘，有個人撲向克拉斯，並用斗篷遮住了他。克拉斯感覺到這是有防護作用的斗篷，對方大概是賓客裡的施法者。

血族們的慘叫聲撕心裂肺，身周的人間種惡魔賓客也紛紛倒下，還有的生物連叫都叫不出來，只是不停地抽搐著。克拉斯的手腳都還露在斗篷外面，但並沒感覺到任何疼痛。看來，強光會使人類賓客暫時致盲，轟鳴聲會讓他們耳鳴，但爆炸卻不會傷害他們的身體。

克拉斯在強光迸發的瞬間被遮住眼睛，沒有暫時失明。現在白光還在持續，非常刺目，掀開斗篷後他仍必須閉著眼。

「是神聖系火焰法術……」他對身邊幫助了他的法師說，「墮落者身上有觸發咒語！」

墮落者薩特的心臟被施展了一個觸發咒語。一旦被襲擊要害，觸發條件達成，神聖火焰便會爆裂開來，焚燒他自己以及身邊的黑暗生物。來不及對法師說感謝，克拉斯想立刻到約翰身邊去。剛才約翰距離薩特太近了！

剛邁出步伐，一隻手便緊緊抓住克拉斯的肩膀。

「請放開我！」那隻手非常有力，他掙脫不開。不僅如此，對方還加大了力道，把他拉得差點再次跌倒。

「你……是誰？」一個聲音在他耳邊響起。

似乎很陌生，但又有點耳熟。克拉斯看不清，只能感覺到抓著他的人就站在他身邊。那個人非常高大，但不強壯。他肩上的東西簡直不像人類的手，甚至不是生物的手。它僵硬得像是機械或死屍。

「你是誰？」對方接著問，語氣有些遲疑，「為什麼……讓我覺得那麼熟悉……」

克拉斯想起來了，他認得這個聲音。

當年他確實聽過同樣的問句——你是誰？

那時，同事們被一個個殺死，他被法術束縛住，不能動彈。史密斯找機會逃離了，敵人並沒有去追。

敵人拿著匕首，另一隻手的手心上是極為殘忍的攻擊法術符文，隨時可以釋放出力量。可是他沒對克拉斯動手。在協會的增援趕來前，他離開了。離開前，他看著受傷的克拉斯，疑惑地輕聲囁嚅著：「你是誰？」

當初，克拉斯以為是真知者之眼引起對方的疑問，因為在交鋒中他看透過對方的幻術。

今天他不再這麼想。

那個人引導伯頓殺死克麗絲托，並在奧術祕盟地下研究站被傾覆後，孤身襲擊協會的工作人員；他出現在迷誘怪夫婦的房子附近，幫她們處理傷勢然後消失……以及，他為墮落者薩特施法，讓其實行瘋狂的計畫……

自稱醫師，黑髮藍眼，身材高大的東歐血統男人。

如果他是奧術祕盟的殘餘勢力，他的目的又是什麼？這些事做得毫無邏輯，不僅沒有利益可言，連祕盟的人最在意的「有研究價值」也談不上。

「你又是誰！」克拉斯吼道。比起得到答案，他更想去確認約翰沒事。

他用力揮開手臂，對方沉默不語，後退了一步。

「克拉斯？」麗薩的聲音響起來，「我聽到你了，你怎麼了！」

她慢慢靠近，看不見路，也聽不清克拉斯說的每個字，只能模糊地聽到他在喊著什麼。

肩上的手離開了，克拉斯猛地回過身，眼睛被白光刺得流下眼淚。身邊的人放開他，慢慢後退並消失了。

「我沒事！」克拉斯回答麗薩，重新閉上眼，向印象中約翰所在的位置摸索。他觸碰到牆壁，沿著牆壁走進房間，聽到卡蘿琳站起來又絆倒、並氣得罵髒話的聲音……然後他摸到有些冰冷的皮膚，血族的皮膚。

「約翰？」他握著對方的手臂，確定這就是約翰，那是他認得的T恤布料，「你醒著嗎？我是克拉斯，回答我……」

約翰沒有回答。克拉斯感覺到一些黏膩的東西，就像人類的燒傷。他忍著刺痛，再次睜開眼睛。約翰就在他身邊，裸露的皮膚幾乎都被神聖火焰燒得面目全非。

「約翰，是我，」白光還未消退，克拉斯卻覺得眼前一片漆黑，「給我個回應好嗎？不要睡著……」

限於體表的燒傷會讓血族失去行動能力，他們的樣子很慘烈，但通常能夠慢慢恢復。可是神聖火焰不同，它在破壞黑暗生物的身體時也會燒灼其靈魂，不夠強的生物可能真的會被燒死，而且死亡過程非常痛苦。

克拉斯並沒有失去冷靜。他記得如何分辨昏迷的血族是否還活著。他摸索到約翰的嘴，把手指伸進去，尋找平時藏起獠牙的位置。不獵食時，血族的獠牙一直藏在牙床裡，即使在休眠時也不會露出來；而一旦血族死去，獠牙會鬆動，自動垂出。

獠牙沒有出現，約翰還活著。儘管這是好消息，克拉斯也不能放鬆下來。致命的神聖屬性傷害仍有可能緩緩殺死約翰，越是衰弱的黑暗生物就越危險。克拉斯想把血給約翰，可是約翰已經徹底失去了意識，連動彈一下都不能，而且附近沒有任何利器……想了想，克拉斯睜開眼睛，不顧光芒帶來的刺痛，掰開約翰的嘴。這麼做時，克拉斯簡直想向哪位庇佑黑暗生物的神明祈禱，可是現在世上並沒有這樣的宗教……

光芒比剛才減弱了一些，雖然淚水不停湧出來，總算是能持續睜著眼睛了。克拉斯再次找到獠牙的位置，以一定的角度在牙床上施力，把獠牙尖端擠出來。他用獠牙割破手臂，讓血液滴入約翰的嘴裡。如果血族想在短時間內增強體力，進食是唯一的辦法。

說來也奇怪，以前被約翰直接咬住時，克拉斯一點都不覺得痛，和傳說中一樣，被血族吸血時並不會感到疼痛。可是，自己用對方的獠牙割傷皮膚卻很痛，就和被普通利刃割傷的痛感差不多。

「快點恢復……快點……」血不斷滴下去，可是約翰始終一動也不動。

克拉斯祈禱著，希望真的如羅素所說——自己的靈魂比一般人要強大，連邪靈都吞噬不掉……那麼，也許自己的血液也能供給更多的力量。自古血液就是靈魂力量的載體，哪怕是被禁錮百年、形銷骨立的血族，在喝下一小捧人類的血液後也會開始恢復活力。約翰一直沒有反應，克拉斯手臂上的血已經越滴越慢，他又揉擠了幾下傷口，跨在約翰身上，把前臂壓在其嘴唇上。

他再次用獠牙割開皮膚，割得更深。周圍開始喧囂起來，人類們驚慌失措，有的跑來跑去，也有的在救助周圍的生物。黑暗生物幾乎全部沉寂，有幾個門科瓦爾家的血族還活著，嘶啞破碎地呻吟著。

視力突然消失了，眼前一片濃黑。

克拉斯不確定是由於失血，還是眼睛因為光線受傷了。他彎低身體，手臂的疼痛開始消失，雜亂的聲響漸弱。身體內部似乎憑空凝成了濃厚的障壁，開始隔絕五感。這經歷有些熟悉，克拉斯卻想不起來什麼時候發生過……他幾乎感覺不到自己，卻能看到在一片虛無中，有什麼東西閃現著黑曜石切面般的光彩。它在翻騰，像是想要衝破什麼。

克拉斯感到意識在下沉，這瞬間，他不記得自己在哪，不記得想要救重傷的約翰，不記得剛才都發生了什麼，他僅僅想觀察那個東西，想看清黑光是什麼。凝視它時，他清晰地感覺到對方傳遞過來的情感──畏懼，憤怒，焦慮……甚至是殺戮的欲望。

還差一點，就只差一點了，黑光在接近，擴大，在試著透出他的皮膚。

這時，觸感突然回來了，克拉斯感覺到手腕被緊緊扣住，身體被拉得向前傾。他倒在約翰胸前，前臂被約翰咬住。剛剛甦醒的血族並沒有恢復意識，只有進食本能。

約翰的眼睛現在是鮮紅色，他伸出四顆獠牙，深深刺進還在流血的傷口。血液讓他漸漸恢復神志，最先出現的是痛覺，彷彿被億萬刀鋒切割的燒灼感，體表被融化的氣味……這種恐怖他從未體驗，它太強烈，讓約翰一時難以察覺別的東西。

「那是什麼……」遠處，麗薩的聲音顫抖著。

白光已經徹底消失，被暫時致盲的人類們也在緩緩回復視力。麗薩瞇著眼睛，從人們慌亂的身影之間，她正好看到克拉斯把血餵給約翰。這本來沒什麼，協會的人可能都會這麼做，何況是克拉斯呢。可是，緊接著出現的畫面讓她幾乎不敢相信自己的眼睛。

克拉斯身周的空氣變得很不穩定，就像沙漠上的熱氣折射著光線。在其中有微小的光芒翻動，如爭相擺脫束縛的鳥類。

逼仄的四壁，黑暗與強光交替。

有人握著他的手，帶著他走過狹長的甬道，拱形木門緩緩打開，刺眼的光芒流瀉進來。到處都是叫不出名字的儀器、工具，金髮的美麗女性對他柔聲細語，空氣中的咖啡香氣與血腥味混在一起。

他在隧道裡奔跑，身邊還有幾個像是同伴的人類。枯枝與夜梟，陌生的語言，悲傷的腔調，鐐銬叮噹作響，地板被血液染紅……冰藍色的眼睛看著他，目光疲憊而溫柔，並伸出手示意他靠近。

定格的畫面像書頁一般翻過，他看到無邊無際的天空，不知名的白色花朵輕輕搖曳著。有人在他耳邊說：「我還有我必須做的事，不能再繼續保護她了，請你再幫我最後一次……

「他已經死了，我也不一定能回來。她不能失去這麼多，她沒辦法承受。我承諾你的自由已經給你了，當作回報，替我保護她吧。」

自己在無聲地慘叫，胸膛裡像懷著幾近沸騰的溫度……突然，一切聲音和感覺都消失了，沉寂幾秒後，喧囂再次響起。是近在身邊的、現實中的聲音。

約翰打了個冷顫。眼睛變回平時的顏色後，他立刻鬆開獠牙，猛地坐起來，把克拉斯摟在懷裡。

周圍一片混亂，除了剛才的幻視，約翰能記起的最後一件事是……一個亞瑟殺死了另一個，自己則在那瞬間被一陣劇痛擊倒，痛得無法思考……然後他看到了幻影，上次在惡魔的廢棄旅店中，他也因為吸血而看到了這些。這次的畫面更清晰，聽到的東西也更多。

這並不是單純的「看到」，流逝的畫面中那種冷森森的氣氛猶如親歷。

他抬起克拉斯的手，無助地望向麗薩。麗薩就像是看到了什麼恐怖的東西一樣，呆呆地站著好幾秒才反應過來，跑過來幫克拉斯止血。

約翰喃喃自語，重複在幻覺中最後聽到的那句話。麗薩古怪地看著他，他也說不出個所以然。唯一能確定的是，這些畫面裡確實有個黑髮藍眼的男人，說話的也是他。可是他在表達什麼？誰死了？他想保護誰？

「如果你徹底沒事了，就來幫忙，」麗薩拍拍約翰的肩，「克拉斯沒什麼大礙，這裡有很多人需要幫助。」約翰點點頭，把克拉斯輕輕放在一旁，跟著她站起來。

角落裡，一支手機響個不停。沒被波及的賓客湧進來幫忙，倖存的黑暗生物們痛得哭喊不止，嘈雜的聲音掩蓋了手機鈴聲。卡蘿琳幫助身邊的精靈裔把傷者抬上擔架，一回身，看到地板上亮著螢幕的手機。這是麗薩的手機，剛才在慌亂中掉在地上了。

宴會廳裡亂糟糟的，很難找到麗薩的身影。來電人的名字是路希恩，卡蘿琳按下通話鍵，「嗨，這是麗薩的手機，但是她不在……」

「妳是誰？」路希恩的聲音有點急躁。

「我是卡蘿琳……你還記得我嗎？麗薩有點忙，天哪，這個吸血鬼都被照成炭了！沒什麼，我在說眼前的事，麗薩很好……」

路希恩似乎很焦急，連語速都變得比平時快很多，「好吧，不管妳是誰，德維爾．克拉斯在哪裡？」

卡蘿琳張望了一下，「在……不遠處的地板上，身上還蓋著一件不知道是誰的外套。」

「他剛才出了什麼問題嗎？」

「你指什麼？我猜他肯定出問題了，不然怎麼會躺著。」

路希恩痛苦地咕噥了一聲，說：「如果還沒出什麼事，那很好。你們不要靠近他，快去找到麗茨貝絲，告訴她不要靠近克拉斯！除非我告訴你們沒問題！告訴妳實話吧，我監控著克拉斯身上的靈魂波動和法術殘留痕跡變化，剛才他的狀態非常危險，儘管還沒有具體結論，但我能確定那是非常不好的東西！」

卡蘿琳一臉茫然，「你能說得簡單點嗎？克拉斯得新型流感了？」

「蠢貨！我跟妳說不清楚！叫麗薩來！」

路希恩很少這麼說話。卡蘿琳並不知道他的態度有多反常，她只知道自己很討厭這樣。於是她乾脆掛斷了電話，心想不如找到麗薩後讓她自己打過去。

別墅改造的私人研究所內，路希恩放下響著忙線音效的手機。

他面前，石板上陰刻的魔法陣每一道線條都在加速運轉，文字不停從幾面稜鏡折射出的光線中浮現再消失。現在它們漸漸平靜了，路希恩謹慎地觀察了很久，確定它們重新變得穩定，才有些狼狽地坐在身後的軟墊椅子上。

桌邊的助手女孩停下在電腦上鍵入資訊的動作，被剛才發生的事震驚得呆住了。

「先生，那……那肯定不是人類身上的反應，也不是魔法！它是……」

「停，」路希恩低著頭，已經恢復了平時慢條斯理的語速，「先別那麼說。我們現在還不確定，只是有……嫌疑。」

女孩點點頭，「我不覺得克拉斯先生身上的問題有嚴重到這種地步……還有，如果他真的這麼危險，他為什麼不早點告訴我們？」

路希恩說：「他自己不知道。妳想想這裡出現的那段回饋奧術文字，」他指指某條光線，「這表明，他不是故意的，他在無意識中這麼做了。」

「那還好……」

「不，一點都不好，」路希恩嘆口氣，「這樣更危險。」

他摘下眼鏡，邊擦拭邊思考了一會，「給傑爾教官打個電話，我要確定他現在在協會辦公區。」

「好的先生，」女孩回答，「您要去找傑爾先生嗎？這麼一來，我們就沒辦法再幫克拉斯保守祕密了，協會的人會知道。」

「如果需要的話，不只協會西灣市辦公區要知道，」路希恩說，「還有他們的總部，甚至所有獵人與驅魔師……都應該知道。」

門科瓦爾家失去了很多親人。在場的血族裡，只有血統古老的亞瑟和另外四五個血族活了下來。墮落者薩特當場死亡，神聖火焰徹底貫穿了他的每一寸血肉，他已經被燒成了齏粉。

丹尼的情況比較特殊，他身上的黑袍質地特殊，能完全隔離普通日光，這幫他抵禦了一點點傷害，儘管如此，他太年輕了，還是差一點就立刻死去。他的身體被燒得面目全非。與克拉斯對約翰一樣，保爾也立刻把血餵給了丹尼，動作比克拉斯要快得多。血能讓丹尼別那麼快死去，但他的恢復能力還是不足夠，仍然很危險，多虧亞瑟及時親自把自己的血滴給他，另外兩個血族也這麼做了。

領轄血族珍愛同胞。儘管自己也很虛弱，他們仍會盡可能救有希望活下去的家人。

這次克拉斯很快就醒過來了，手臂上的傷口火辣辣的，旁人正準備幫他縫合，不得不補一針局部麻醉給他。

「天哪，這真不公平……」克拉斯嘟囔著，「被血族直接咬一點都不痛，還不會留傷痕，我用血族的牙割自己就搞得這麼慘……」

「不只你一個，」負責縫合的是矮矮的老法師，「那個獵人也這麼做了，現在他家的年輕血族執意要親自縫他；還有好幾個人間種惡魔也這樣救了身邊的血族，他們就方便多了，可以自己恢復。」

克拉斯看看四周，他躺著，視線受阻，隔著牆壁能聽到約翰的聲音，似乎正在和協會的人通電話。

「約翰已經沒事了？」

「完全沒事了，」老法師說，「剛才他一直在這裡。我說要幫你縫合，他就跑出去了。」

克拉斯笑了笑，這還真是預料之中的反應。他側過頭看看旁邊，人們有的走來走去，也有的像他一樣躺在沙發上……滿屋子都是人類，沒有任何黑暗生物。接著，他看到亞瑟和管家從門口走進來，對他點頭致意。

亞瑟依舊衣衫襤褸，根本沒來得及更換，他現在是個膚色健康的青年，身上沒有任何血族痕跡……亞瑟身後，圓滾滾的中年人抱著沾上了血汙的地毯跑過去，那是烏拉爾山熊人。現在他看起來沒有任何獸化族裔特徵……

真知者之眼還沒有恢復。此刻克拉斯看任何人都是人類了，和普通人的視野無異。

亞瑟走過來時，克拉斯叫住他，告訴他那個神祕賓客的事。亞瑟說凡是島上的賓客都是被邀請來的，不然根本不可能出機場。考慮到那個人的身分和家族墮落者薩特也有關，亞瑟交代管家去調查賓客名單。

他們正交談時，約翰在門口探頭探腦，「結束了嗎？」

「馬上就好。」老法師推推眼鏡。血族的好視力讓約翰一眼就看到了那根縫合皮膚用、彎鉤型的針。他點點頭，一臉不適地又退出去，直到老法師端著托盤走出來，他才長吁一口氣靠近。

「抱歉。」他坐在克拉斯的身邊。

「什麼？有什麼好抱歉的？」克拉斯看著他，「你是指我的血？」

約翰點點頭。克拉斯說：「這次同樣屬於『緊急處置』，是我選擇這麼做的，起因又不是你。我知道，如果是我奄奄一息，而你有辦法救我，你也會做同樣的事。」

約翰愣了一下，「不，除非你執意要求，否則我不會轉化你。」

克拉斯用沒打麻醉的那隻手捂著眼睛，「天哪，只是個比喻！我不是在問『要是我快死了你怎麼救我』，你想得也太遠了……約翰，沒什麼好抱歉的，我知道你的原則是不用朋友的血，但這不是進食，是急救，如果不這麼做，我可能會失去你。」

「可是之後我又主動咬你了……」約翰塌著肩膀。

「幸好你咬我了，我表示非常欣慰，都高興得昏過去了。」

他們都因為句話笑了起來。約翰仍心懷歉意，「你應該很清楚，第二次被同一個血族咬過就形成了『刻印』。將來，我可以感覺到你的位置、生死等等……我聽說，有間隔地連續三次咬同一個人，是古代血族征服奴僕的手段，這種事很不公平，現在的血族都不再這麼做了。」

「又不是壞事，」克拉斯聳聳肩，「你想像一下，將來我們在工作上也許會遇到內嵌人，你知道內嵌人嗎？他們每胎都是雙生子，兩個人一大一小，小的像個浮雕一樣嵌在大的身上。他們生性猥瑣，總是性騷擾其他生物，一旦被追捕就會六神無主地兩個人分開跑……萬一遇到他們，你向華茨大街追，我向長途汽車公司追，萬一我追的那個不僅持槍還綁了滿身的炸彈，或許更凶惡點——還朝我扔出一塊肥皂什麼的，那時『刻印』就派上用場了，你可以立刻知道我在什麼地方，及時趕過來救我……」

約翰笑著搖搖頭，「太恐怖了，你不愧是寫恐怖小說的人。」

「這完全可能發生，恐怖小說才不會寫持槍和炸彈，」克拉斯說，「希望你能明白，我真的不介意。比起什麼血族禮儀，甚至比起你本人的心情如何……我更在乎你的安全。」

克拉斯的前臂上不只一道傷口，因為他反覆割了很多次。他靠在軟沙發上，約翰坐在他身邊，貼著縫合時打過麻醉的手臂。約翰輕輕握住那隻手，克拉斯感覺不到，但是能看到。

在羅馬尼亞的樹林裡，約翰輕輕吻過這個地方。當時他疲勞而飢餓，本來已經捉住了克拉斯的手腕，卻只是輕輕用嘴唇碰觸柔軟溫暖的皮膚。他想告訴克拉斯，自己完全能控制住本能。

「約翰，如果方便的話，我想問你，」克拉斯側過頭，「為什麼你這麼介意『標記』、『刻印』之類的？以及，關於『不用朋友的血』這一點……領轄血族通常不介意這些，只要對方自願選擇同意就可以。我認識的野生血族很少，你們都這麼排斥這些事嗎？」

約翰說：「也許是受我父親的影響吧。我就是這麼被教育的。」

「你父親好像非常有騎士精神。」

「哈，那倒也說不上。以前我也不是很明白他為什麼對此極為嚴格，最近我才知道。」

「哦？因為什麼？」

「他還是人類時，被一個血族這樣對待過。」

從前父親很少說起自己的過去。直到約翰開始在大城市生活，和人類們的來往越來越多後，父親在電話與郵件中也越來越多地談及這方面。前些日子的一封郵件裡，父親才第一次說起自己的某段經歷。

「那時我父親還是人類，他遇到了一個血族朋友。第一次吸血是經過他允許的，第二次時，對方沒有告知他會發生什麼……這次之後，他察覺到有些事不對勁，比如對方時時刻刻都能找到他。那個血族一直在欺瞞他，接著不久後就是第三次的『締約』。締約發生後，父親發現自己再也無法忤逆對方了。她說一個詞，他就只能低著頭跪下，毫無反抗餘地，她可以任意驅使、奴役他。後來我父親被轉化了，即便他自己也成了血族，也依舊被締約束縛。」

「那麼現在呢？」

「那個血族死了，」約翰說，「具體細節我就不清楚了，這發生在我還沒出生前。聽說她是被獵人幹掉的，因為她似乎很瘋狂，殺害過很多人。父親不希望自己也變成那樣。」

「我明白了，」克拉斯點點頭，「不過，顯然我不是被騙的，甚至有的知識還得我來教你呢。你不如這麼想——把領轄血族的習俗和你父親的觀念融合一下。」

「怎麼融合？」

克拉斯看向角落裡門科瓦爾家的某位貴婦人，「領轄血族認為吸血不僅僅是進食，更是一種親密的暗示，在人類自願的前提下，單純的吸血也好，『刻印』、『締約』也好，都是非常風雅的事情，甚至有的人認為這比受洗或訂婚還莊重。通常血族會負責陪伴這個人類一生，甚至會向家族提出申請，請求長輩們允許初擁他。」

約翰有點尷尬地目視前方，手心稍微收緊了些……反正克拉斯感覺不到。

「聽起來也許有點奇怪？」克拉斯說，「我的意思是，你可以把這兩種理念中和一下，別把它想像成特別邪惡的事，也用不著學貴族的附庸風雅，你就把它當成……」他停下來想了想，「當成……我們彼此信任的證明。」

克拉斯說話的時候，約翰幾乎忘記了之前恐怖的瀕死、法術灼燒下的劇痛、吸血時再次看見的破碎畫面，他握著克拉斯的手，感受著掌心裡熟悉的人類體溫，鄭重地點了點頭。

麗薩走進來，約翰快速鬆開手，站起來問她是否需要幫忙。她的臉色不太好，抱著歉意地看了克拉斯一眼，「協會要求我們立刻返回，再過一個多小時，曼谷的獵人會坐專機來接我們，之後送我們登機返回西灣市。」

「這麼急？他們查到什麼事了嗎？」克拉斯問。

「傑爾教官沒有多說，」麗薩想了想，「但是，克拉斯，我想也許和你有關……」她的面色有些為難。不只傑爾教官，剛才路希恩也再次打電話給她詢問情況。麗薩自己也是優秀的驅魔師，她親眼見到了克拉斯身邊發生的奇怪變化，知道這非同尋常。

克拉斯並不清楚和自己的哪方面有關，也許是真知者之眼失效的問題吧。現在他的注意力都不在這方面。他希望這一小時內血族們能排查完賓客名單，他太想知道那個熟悉而陌生的人是誰了。

聽了關於陌生施法者的敘述後，麗薩也同樣感到疑惑，「為什麼我覺得他像是在尋找什麼？」

「尋找什麼？協會的人？」克拉斯說，「應該不可能，當年他在療養院遇到伯頓時，協會還根本沒有介入；這次也一樣，實際上他比我們更早登上吉毗島。他應該不是朝著協會來的。」

「我也說不清，」麗薩嘆氣，「他的行事模式太奇怪了，就好像根本沒有目的。」

克拉斯手臂上的麻醉就要退了，傷口開始一跳一跳的疼，他又開始和老法師聊起魔像與妖精藥劑什麼的，用來分散注意力。協會的另外三個人則在收拾東西，準備返程。

在飛機到來前，門科瓦爾家真的查出了符合描述的賓客。亞瑟很重視這件事，他親自帶僕從在倖存的人類中排查，最後發現有一位客人失蹤了，而且那位客人確實符合克拉斯所說的外貌特徵。

管家拿著一份名錄，對克拉斯點頭致意，「我們找到那個人了，是個人類巫師，三十多年前他和本家族的某位長老結交過，所以亞瑟主人通過魔法羽符向他發送了邀請。」他挑挑眉毛，「這位先生明明是現代人，卻連手機都沒有，唉，這些巫師啊……」

聽吸血鬼抱怨巫師的生活方式也挺奇特的。克拉斯問：「他叫什麼名字？」

「說來也巧，」管家說，「他叫德維爾．佐爾丹。名字和您的一樣。」

同樣的名字也許僅僅是巧合，可是這讓克拉斯感到說不出的彆扭。彷彿有什麼東西近在眼前，偏偏就是一時察覺不到。幸好門科瓦爾家能提供線索，只要一步步聯繫相關人員，早晚能夠發現這位佐爾丹的祕密。

一小時後，十九人座的小型支線客機降落在吉毗島機場，泰國當地的獵人來接協會的人前往曼谷。保爾和丹尼也要回陸地，跟著一起上了飛機。來接應他們的獵人都穿著迷彩服，身材瘦小但目光凌厲，甚至還有點凶惡。讓人有種「比起護送更像押送」的錯覺。

亞瑟承諾繼續追查佐爾丹的情況，並和協會保持聯繫。臨別時，他對兩位女士補了吻手禮，卡蘿琳覺得很新鮮，一直笑個不停。麗薩看著亞瑟，忍不住問他當初剛被轉化時為什麼不尋求家族庇護，而是自願成為血族一員。

「因為我太帥了啊，」亞瑟表情認真地回答，「真的，黑月家和我格格不入，他們都是些書呆子——除了妳以外，妳美麗得驚人……」

「別泡你若干代後的孫侄女……」卡蘿琳在一邊嘟囔著。

亞瑟也回給她一個露出牙齒的笑容，繼續說：「在以前那個混亂的年代，比起埋頭研究，我更想保護別人。其中包括人類，也包括我的血族長輩，我很敬愛他。成為門科瓦爾家的一員後，我可以戰鬥數百年以上，不畏傷病、死亡和衰老。神不再庇佑我，但榮耀仍屬於我。」

他看看約翰和克拉斯，「你們現在就好多了，人類可以和血族一起生活，還有專門的組織協助超自然生物融入社會；廣場上再也沒有掛滿屍體的火刑架，只有鴿子、霜淇淋車，以及直播球賽的大螢幕……所以我也不用再戰鬥，可以專心做個迷人優雅的血族去享受生活了。」

旁邊的丹尼即使穿著全身黑紗，也仍是一副隨時要昏倒的樣子。畢竟現在是白天，他剛剛才從瀕死的傷勢中恢復。發現這一點後，亞瑟不再抒情，捧起他的臉輕吻其額頭，祝福他們一路順利。

飛機升入平流層後，保爾關上舷窗，拉開丹尼的面紗。丹尼閉著眼，皮膚有些發紅，受傷讓他對陽光的承受力暫時變差了。

「亞瑟為什麼要吻你一下？」保爾壓低聲音問。

丹尼懶得睜眼，「上位血族的祝福方式。你應該很清楚吧？在你十三歲以前我就告訴過你這些。」

「是啊，我只是覺得，你被他擁抱時整個人都軟綿綿的，特別……」

「閉嘴，那是上位長輩！我當然覺得很榮幸。你小時候面對我也是這個樣子。」

「我長大後你就不再吻額頭了。」保爾用調笑的語氣說。

「除非我站在箱子上。」丹尼瞟了一眼即使坐著也比自己高的中年獵人。保爾湊過去，飛快地親了一下丹尼的嘴唇，之後立刻坐直，裝作什麼都沒發生的樣子。

約翰就在他們前面第三排。剛才他想回頭看看後面那些眼神凶惡的獵人們在幹什麼，卻意外正好看到這一幕。幸好血族動作極快，他迅速轉回去，保爾沒發現他。接著，身後傳來輕微但讓人無法忽視的某些聲音，大概是皮膚接觸、唇齒摩擦之類的吧……

約翰比比畫畫的，一臉發現重大新聞現場的興奮表情，他身邊的克拉斯眨眨眼，用口型告訴他「裝睡吧」。

他們與保爾、丹尼在曼谷分開，轉機返回西灣市。曼谷當地的獵人竟然也有機票，準備陪他們一起登機。卡蘿琳詢問這是為什麼，他們只說是獵人組織與協會的決定。

一路上總有被監視的感覺。卡蘿琳向麗薩抱怨，麗薩也支支吾吾地說不出什麼。她看向克拉斯的座位，表情複雜，以至於卡蘿琳總以為她暈機要吐了。

克拉斯則一直在想回去之後的事。和路希恩碰頭討論身上的變化，向傑爾教官報告這趟遇到的變故，尋找真知者之眼失效的原因，和門科瓦爾家保持聯繫調查巫師……以及，約翰對他進行過第二次吸血後，將能夠在同個城市內掌握他的行蹤，這下恐怕沒辦法說是去看牙醫了，還得想個合適的藉口……

漫長的飛行之後，他們終於回到西灣市。令人吃驚的是，來接機的人非常多：傑爾教官、洛山達、卡羅爾、史密斯，還有兩個常負責西灣市東部小鎮的血族工作人員，以及來自協會總部的三位獵人、兩名驅魔師……回來的四個人驚訝得步伐都減慢了，不明白為什麼會來這麼多人。

傑爾教官低聲咳了咳，小聲問史密斯：「你去？」

「不，你是這裡的負責人。」史密斯一臉惶恐，他在對傑爾說話，卻看著克拉斯。傑爾教官嘆著氣走過去，硬把克拉斯手裡的行李箱拽過來，交給身邊的獵人。

「克拉斯，這有點尷尬……是這樣的，我們在你身上發現了些問題。」他說。

「是的，我也發現了，」克拉斯回答，「真知者之眼失效了。」他有些驚訝。知道這件事的除了約翰他們，也只有路希恩了，路希恩沒能保守祕密？雖然他遲早要把情況告訴協會，但路希恩為什麼會特意說出這件事？

「不只這樣，」傑爾一臉為難，似乎下了很大的決心才繼續說下去，「你身上出現了最高警戒級別的異常反應，根據波動記載，是……幽暗生物特徵。」

克拉斯一怔。旁邊的獵人們拿著刻印符文的銀鐐銬，很細小，可以完全藏在袖子下，傑爾教官擺了擺手，說暫時用不上這個。

「到底怎麼了？」約翰問。不只他，卡蘿琳也是一臉茫然。他們都沒聽說過「幽暗生物」這個詞。

傑爾教官沉默不語，指引克拉斯和他一起走向機場出口，獵人們緊隨在他們身邊。停車場停著四輛車，傑爾教官和克拉斯上了車窗有單向塗層的那輛，同乘的是協會總部來的獵人和驅魔師。約翰幾次想去問個究竟，都被麗薩和史密斯阻止了。

靜。

至少他們仍然是要回協會。約翰說服自己不要太擔憂，畢竟連克拉斯本人都很平靜。

克拉斯被帶進協會辦公區的隔離室，這裡通常是暫時關押需要調查的生物用的。他不能攜帶任何能用於施法的東西，包括紙筆也不行。

「這到底是怎麼了?!」約翰按住隔離室的門，不讓它關上。

「過一會我會解釋，」傑爾教官說，「我們並不是把克拉斯當敵人，只不過他身上確實是有些問題，很嚴重的問題。安全起見，我們必須這樣做。」

「但是他本人什麼都沒有做過，對吧？」

傑爾教官沉吟了片刻，「我不確定。」

克拉斯從背後推了約翰一下，約翰的手稍一離開，門就被關閉了。隔離室沒有任何窗戶，完全封閉，對人類而言有些太過苛刻，因為它根本不是為了關人類而設計出來的。

「克拉斯，你難道不想問問他們嗎？」約翰回過頭，摸著門板。

「我不用問，我知道有多嚴重，」克拉斯的聲音模糊地傳出來，「一兩句話很難說清，驅魔師們會解釋的，我也希望早點搞清楚自己身上的變化……」

「可是他們不能把你關在這裡！」

「他們能，換作我我也會這麼做，」克拉斯說，「別擔心，這裡比關惡魔時好很多，他們換了床墊，喔，這裡甚至還有無線網路訊號呢，很不錯吧？放心，我沒事。」

約翰一點都沒覺得被安慰到，「你到底怎麼了？和你身上的那些痕跡有關嗎？還是和真知者之眼消失有關？你就不能直接告訴我嗎？」

他身後，史密斯扭過頭，眼睛發亮地小聲問麗薩：「什麼痕跡？約翰怎麼會看到？他們幹什麼了？」

「我怎麼知道？我又沒和他們住同一間房。」麗薩相當佩服變形怪，現在竟然還顧得上關心這個。

這些話約翰聽得很清楚，可是他現在同樣沒心情開玩笑。隔離室內，克拉斯的肩靠在門上，「很抱歉，從在羅馬尼亞時我就已經覺得自己不對勁了，在地堡監獄時也是，還有阿特伍德老宅那次……只是我沒想到這麼嚴重，竟然是幽暗生物特徵……」

「什麼是幽暗生物？」

「理論上，幽暗生物已經不存在了，就像已經徹底被根絕的病毒一樣。」

「那為什麼你還……」

「凡事都有特例，通常一旦有特例就會很嚴重。」

「會有多嚴重？」

「通俗地講，幽暗生物就是指……魔鬼。」

Unthreatening Creature Protection Association

Chapter 19

幽暗深處

協會總部接到了事件報告，本地獵人組織、遊騎兵獵人和有宗教性質的驅魔師也都收到了消息。辦公區的會議室裡聚集了幾十位各地趕來的驅魔師和獵人，座椅根本不夠，有不少人都得站著。

看到克拉斯的靈魂與肉體失去協調，人們議論紛紛，等到呈現出幽暗生物特性的警報出現時，所有人都安靜下來，幾乎不敢相信這是真的。人們翻閱每個克拉斯經手的案子，聯繫和他接觸過的人，還專門詳細地詢問了約翰很多問題。麗薩看到的黑光也成了重要參考事項之一。

協會派人去和地堡監獄的羅素詳談，因為他曾借用克拉斯的靈魂施法；他們還去阿特伍德老宅再次搜索，查找可疑的魔法殘留痕跡。路希恩也來了，展現監控資料時他用的是再現魔法，而不是錄影，這樣可以保證每個細節都不會失真。

現在協會西灣市辦公區的會議室裡鋪滿了各個時期的資料與記錄。施法者們為準確傳達意思，經常在語句裡夾雜奧術語言、古凱爾特語、拉丁文和各種沒有精確翻譯的冷僻單字。陌生的發音讓人彷若看到塵封已久的門扉再次被打開。

魔鬼既不是從其他空間潛入，也不是由已死的生物轉化，他們是這個世界的一分子。比起「黑暗生物」，他們彷彿更貼近普通生命，所以被稱為幽暗生物。普通人誤認為他們來自宗教傳說中的「地獄」，所以將他們稱為魔鬼。

在黑暗的年代，他們曾潛藏於人類之中，比起從深淵偶爾跑過來享樂的惡魔，魔鬼更稀少，可是他們帶來的悲劇卻更多。魔鬼不和任何人結盟，也不求任何好處，他們所追求的東西是其他物種無法理解、也不想去理解的。隨著歷史中的獵巫運動，魔鬼逐漸絕跡，這個時期對真正的施法者而言具有更深層的意義，在他們的典籍中，那場戰役被稱為「雙重獵殺」：普通民眾因為愚昧和恐懼而檢舉女巫，教廷不停審判無辜的人；與此同時，真正的獵人與施法者則陷入更艱難的戰鬥，邊躲避迫害邊追獵真正的魔鬼。

雙重獵殺的最後，不僅是人類施法者和獵人，血族、狼人、各類不死生物、在人類世界生活的惡魔、潛藏於世的超自然異怪……幾乎所有生物都暫時聯合起來剿滅魔鬼。有些驅魔師世家為了維護名譽而不記載那段歷史，在協會與獵人組織留存的資料中則還能找到相關記載。

那是一種非常不可思議的場面。獵人和血族並肩作戰；巫師衝進大聖堂殺死偽裝成神職人員的魔鬼，不惜因此犧牲自身；精靈裔對魔鬼的氣息太過敏感，幾乎因戰爭而滅絕；驅魔師為惡魔治療傷口，惡魔保護著詠唱咒語的人類……

到今天，人類和惡魔偶爾會一起喝酒，血族和獵人做搭檔也不再是什麼驚世駭俗的事，甚至變形怪還可以去當驅魔師……最終，世界上再也找不到魔鬼的行蹤了。

「已經快一週了，」這週，約翰從沒離開過協會辦公區，「你們打算把他關到什麼時候？」

克拉斯一直在隔離室居住，偶爾會有驅魔師和研究人員進去，問他些問題，做些檢查或送去必要且允許他使用的物品。協會重新設定了隔離室的開門許可權，分別掌握在不同的人手裡，約翰無法獨自打開隔離室。

「不好說，他的情況不穩定，」回答他的是來自協會總部的老驅魔師，「我當然相信德維爾．克拉斯是個好孩子，但問題是……裡面的那個還是不是克拉斯？從以前發生的事看來，他身上的變化是不可逆的，而且一直在繼續發展。」

「繼續發展……然後會怎麼樣？」

「魔鬼的殺戮本能會浮現，」老驅魔師低著頭在紙上演算著什麼，手邊擺著一大堆古書，「要嘛他身上有魔鬼植入的什麼東西，要嘛他的靈魂被魔鬼汙染過，總之，他已經轉變了。」老人從老花眼鏡後抬起眼，看了看約翰，「你似乎是血族？你可以想像成——就像人類剛剛被血族初擁後，仍保有人性不肯進食的那個狀態，隨時在抗爭，但也隨時可能開始吸血……只是個比喻，我不是在歧視你們的種族。」

約翰不介意這種比喻，他更在乎克拉斯，「他有幽閉恐懼症，現在你們這樣對待他……這不人道。」

「就算把沒有幽閉恐懼症的人關進去，也同樣不人道，」老驅魔師聳聳肩，「但他不一定是人。別這麼看著我，我不是在侮辱他，這是事實。他就像一顆定時炸彈，如果不讓他留在隔離室裡，他隨時有可能發生誰都預料不到的變化，這樣對所有人都不人道。」

會議室變成了這些人的臨時集中辦公室，傑爾教官對約翰揚揚手，叫他過來。

「隔離室不狹窄，我們總得考慮關大體型生物的可能性，」傑爾說，「以前，克拉斯曾經在裡面獨自審訊氣化生物，他沒有你想的那麼脆弱。」

受。」

約翰沮喪地把手撐在桌子上，「是的，我知道他不至於窒息。但他仍會覺得很難受。」

「當然，這一點我們也很抱歉。」傑爾知道，約翰永遠不會認同他們的做法，所以也放棄了說服。在他翻找資料時，約翰遲疑地問：「如果暫時不能讓克拉斯出來，那麼……能不能把我也關進去？」

傑爾教官從檔案堆裡抬起頭，「我知道你信任他，但我們不是在玩間諜遊戲。別這麼幼稚。你先看看，這是目前的分析報告。」他把一疊東西交給約翰。

「說實話，有的地方我看不懂。」約翰皺眉，那疊紙簡直像外星人的數學考卷。

「去讓克拉斯講給你聽吧，」傑爾教官站起來，拍拍約翰的肩，「這些東西他也有權知道。正好，現在有開門許可權的人都在場。」

「謝謝。」約翰感激地跟過去。

傑爾先敲了幾下門才打開隔離室。克拉斯剛從床上爬起來。傑爾教官掏出手機扔給他，「幫你充好電了。」紙筆有可能被用來施法，但手機和網路卻不能。克拉斯可以在隔離室裡用手機和電腦，只不過室內沒有插座，他沒辦法充電。

克拉斯沒想到約翰也來了。約翰經常嘗試和他說話，隔著門，或者打電話。不過出於安全考慮，協會很少讓沒有許可權的人進來。

「約翰需要你幫他講解些東西，我們就在門外，隔離室不能長時間開著。」傑爾揮揮手，重新關上門，暫時把約翰留在裡面。

克拉斯站起來，伸出手想拍拍約翰的肩。約翰的動作快得多，一把摟住了克拉斯——這是史密斯曾反覆提議的安慰方式，擁抱會帶給人安全感。

「天哪！等等！」克拉斯叫起來，「別壓我的背！」

約翰急忙放手，疑惑地看著他。克拉斯苦笑，「你小時候打過針嗎？在你還是人類時。」

「沒有……」

克拉斯重新坐下，「你真健康。是這樣的……我的背上和手臂上有些『醫療行為殘留痕跡』，現在別碰我，瘀血還沒消呢。」

「不是健康，只是那時我們窮得沒錢看病……等等，你是說你身上有傷口？」約翰坐在他身邊。

「呃……某些測試留下的。驅魔師的手法沒有醫院裡的護士熟練，抽個血還得讓我被扎三四次，這是我最煩惱的事。協會應該招聘一兩位真正的護士。」

「那你的背又怎麼了？」

「和你以前見過的東西類似，一些監控和檢測用的符文……」

「讓我看看？」

「不，」克拉斯按著額頭，他微笑著，眼睛下青色的陰影卻暴露了他的疲憊，「我被關在小屋裡，他們偶爾讓你進來，於是你一進來就要脫我的衣服？這劇情是深夜付費頻道裡的嗎？」

約翰搖搖頭，「好了，你故意說這種曖昧的話來敷衍我，你知道我會尷尬，於是你就成功岔開了話題。」

「好吧，你越來越了解我了。」

「那麼……」

「還是不行，而且也沒什麼可看的，」克拉斯收斂起剛才的笑容，「我毫無損傷地活著，也沒有留下傷殘，你現在聞不到外露的血液氣味吧？這說明我確實沒事，對嗎？至於監測用的符文……你又看不懂，你看不懂就會大驚小怪，就會問我，於是我還得幫你講解。講解時我就不得不再回憶一次那些過程……說實話，過程確實不好受，我不想討論它。」

約翰不再堅持。他的聲音稍有些顫抖，「他們怎麼有權這樣對你？你是人類，又不是什麼危險的東西……」

「他們做得對，」克拉斯說，「我確實很危險。我比別人更期盼查清自己身上發生了什麼，為此我很願意配合。」

「你沒做過任何邪惡的事。」

「但隨時有風險。」

「地球還隨時有被小行星撞擊的風險呢！」

「所以人們一直在提防小行星，」克拉斯的語氣很輕鬆，就好像真的只是在閒聊小行星似的，「一旦發現威脅，要嘛把它推入宇宙深處，要嘛就毀滅它。」

說完，他低下頭，接過約翰手裡的影印紙。他一點都不想和約翰目光相接。

約翰的眼神中明白地寫著不安、擔憂。被這樣看著，克拉斯覺得心慌意亂，他怕這麼下去自己的冷靜也會瓦解。

「這是我近期的分析結果？」他努力地表現出鎮定，「全是專業詞彙，也難怪你看不懂，他們應該做一份通俗濃縮版。來，我先看看。」

幾分鐘後，他仍看著分析報告，「我可真震驚……」

「關於什麼？」約翰問。

「你記得你被埋在阿特伍德老宅的地下室那時嗎？我昏過去了，醒來後地下室一片狼藉。」

「記得……」

克拉斯指著其中一頁的文字，「那些削割痕跡可能是我幹的。這段是普通敘述，你也能看懂——經詢問和驗證，巨大黑色邪靈並不是被任何一位獵人殺死的，甚至沒有人看到過它。前些天協會的人重返老宅，在地下室檢測到了幽暗生物行動過的痕跡。事發時我昏倒過，醒來後不記得這之間發生的事，而前些天的檢測表明，那不是昏迷，是記憶中斷。在吉毗島上我也出現了記憶中斷，麗薩和現場的好幾個人類施法者都看到有不明物質從我身上浮現出來。」

約翰張了張嘴，一時不知道該說什麼。克拉斯為打破尷尬而自嘲，「我真厲害，以前怎麼沒發現過呢？也許是靈魂被吞噬掉太多，出現了自我防衛的本能什麼的……分析結果上也是這麼推測的。如果我小時候就能做到這個，我可能會在地堡監獄裡長大，說不定富豪還會送我刻著 TRPG 用詞的牙齒項鍊。」

「你這是在開玩笑嗎？」約翰皺眉看著他。

「算是吧。我知道不太好笑……」

「確實不好笑。你的本職是寫驚悚恐怖小說的，不適合說笑話。」

「……你說的這句倒是挺好笑的。」

克拉斯確實笑了起來，不是故作平靜的僵硬微笑。約翰讓他更加畏懼——畏懼自己身上未知的東西，但約翰也會讓他感到放鬆。

現在是他這幾天裡最輕鬆的時候。

這週內，他經常閉著眼。沒有窗戶的房間讓他胸口發沉。他努力放鬆，希望自己能像貓一樣每天都睡上二十幾個小時。意識模糊時，他總覺得自己在注視一片漆黑的水面，波瀾顫動得越發激烈，水面下恐怖的東西正蠢蠢欲動。

羅素曾說他的靈魂太強大，這一點在面對邪靈時也得到了充分的體現。靈魂承受的剝蝕和衝擊越多，就變得越不穩定，就像在體內慢慢擴散的病變般。

克拉斯對自己有過各種猜測，但從沒想到過幽暗生物特徵。如果身上的「幽暗生物特徵」屬實，那麼自己就是人們俗稱的魔鬼。魔鬼是一種生命屬性，而不僅是種族或身分。歷史上沒有真正成為普通人類的魔鬼，不論他們曾多麼完美地融入社會。

更讓人恐懼的是，魔鬼不是從某個母體出生的。他們可以幻化作人形，也可以操縱某具軀體，但他們根本不會以人類或任何動物的形態出生，這種生命屬性根本不需要「繁衍生育」。

克拉斯細細思索過，從幼兒時代起，自己的記憶基本上是連續的，除了正常的遺忘外，沒有過突兀的失憶現象，身體的生理指標也符合人類特徵，且能夠正常生長。他從未更替過身分、記憶，如果自己的靈魂真的是魔鬼，那麼唯一的解釋就是：它在這身體還是嬰兒或者胎兒時就已經出現了。

那麼，原本該出生的「人類」在哪裡？真正的德維爾．克拉斯是誰？

克拉斯無法停止這種猜測，有時他會因此噁心得想吐。

身為施法者，克拉斯很清楚應該怎麼應對幽暗生物——沒有妥協，沒有審判，也不能相信其任何言行。最好的方式就是直接殺死他，哪怕他看起來善良無辜。如果現在是幾百年前，自己根本不可能還活著。

現在協會的人們對此非常嚴謹，他們生怕是什麼地方出了錯，既害怕真的有魔鬼的痕跡，又擔心這是一場誤判。克拉斯看得出他們每個人都很緊張，就像俗諺裡說的：往好處想，但做最壞的打算。

這一週以來，他對每個走進隔離室的驅魔師、古魔法研究員彬彬有禮，主動配合所有檢查，冷靜地和他們探討問題。獨自一人時，他卻害怕得想尖叫。

他回想起羅素告訴他的話：「請務必保持警惕，你可能會將自己與身邊的人一起拖入地獄。」

約翰和麗薩他們並不能每天都來看克拉斯。協會很繁忙，人手永遠不夠，每個人都有各種各樣的事情要處理。

卡蘿琳改為暫時和一個新來的實習生搭檔，因為麗薩被暫時抽調到了針對克拉斯的研究組裡，和路希恩一起工作。史密斯離開西灣市，去幫剛搬家的變形怪一家子進行生活指導。約翰和卡羅爾搭檔了兩次——就是那個有魔女血脈的壯漢。

約翰非常不習慣和他合作。卡羅爾摔角選手般的雄壯肌肉太具有威脅感，導致他們常常引起旁人的注意，甚至在夜間被員警盤問，一點隱蔽調查的優勢都沒有。還有，約翰每次回到辦公區都向傑爾教官抱怨：卡羅爾總忘記攜帶藥劑和銀粉筆，想施法又沒材料時就用瑞士軍刀工具劃破皮膚……因為魔女血裔的血可以代替絕大多數材料。

為了不用總是聞著血液味道工作，約翰更願意和卡羅爾分頭行動。現在是凌晨五點，他站在某個墓碑前，繞著它走了幾圈，撥通電話。

「喂，哪位？我現在不方便說話……」一個女人的聲音說。

「是阿黛爾小姐嗎？」約翰把手裡的硬紙盒放在墓碑前，「我在您的墓碑前。我姓洛克蘭迪，來自無威脅群體庇護協會。」

和他通話的就是墳墓的主人，名叫阿黛爾的僵屍女孩。或者應該說是僵屍老者，她享年二十三歲，死於大約八十年前。

因為擔心被巡墓人聽到，她在墳墓裡接電話時聲音很小，「您好，請問有什麼事？」

「您訂制的塑體衣從美國送來了，您留的地址是協會辦公區，我幫您拿過來。以及，根據日曆看，您的面部造型幻術快要消失了，我帶來了幻術藥水，可以幫您補上一個。」雖然並不擅長施法，但約翰已經能夠熟練地使用魔法藥劑了。有時還能照著筆記上的咒語用一兩個小法術。

電話裡沉默了一會。阿黛爾不確定地問：「以前都是克拉斯來幫我做這個，為什麼這次換您了？抱歉，我不是不相信您，實在是因為……我的樣子很嚇人，我不想這樣見陌生人。」

約翰嘆口氣，「克拉斯在處理別的事情，暫時沒辦法來幫您。您可以相信我，我也不是人類，我是個吸血鬼，和您一樣是不死生物。」

「我還是先不做面部幻術了，」她執拗地說，「只有克拉斯見過我腐爛的臉，除了他之外，我不想再被別人看到，哪怕您是吸血鬼也不行。真抱歉，這是我的一點小堅持。」

「好吧，那麼塑體衣呢？我幫您放在墓碑前？」塑體衣是那種進行過皮膚手術的人穿的復健用品，僵屍女孩用它來維持身體形狀。

「請幫我放在墓園西側最大的墓碑後的陰影裡，那裡還有一個牛皮紙袋，裡面是我新完成的工作。請幫我帶到協會，謝謝您。」

「好的，我知道怎麼做。」

作為僵屍甦醒後，阿黛爾把墓穴墊高了許多，現在棺材距離地面很近。她從棺材一側偷偷挖開了小洞，一直挖到幾米外的草叢裡，這樣她進出時就不用掀開自己的墳墓了。她靠製作小工藝品賺錢。盤繞著銅線的漂亮石頭吊墜、羊毛戳成的小動物、古威爾斯風格的手工皮具等等。協會幫她找到合作人，她白天在墳墓裡工作，夜裡偶爾跑出去散心，報酬都使用轉帳，用協會裡人類的名字開戶，提款卡在她自己的墓穴裡。當初是克拉斯救助了她，這些事也都是克拉斯幫她引薦和安排的。

約翰找到阿黛爾說的地方，放下塑體衣，取走紙袋。

冬天的日出很晚，凌晨六點多了，天還像深夜一樣黑。離開墓園後，約翰獨自走在便道上，一種可怕的孤寂感突然包圍了他。

這個時間，克拉斯應該睡得很熟，不過也有可能還醒著，在隔離室裡看著房間漆黑的角落發呆。

克拉斯不在這裡。以前的這個時間，他們可能會坐在車裡，一個端著咖啡，一個拿出血袋，或並肩走在傍晚或凌晨安靜的路上，克拉斯會講解工作中遇到的問題，指出約翰有哪句咒語的發音不正確……

可是克拉斯不在這裡。

起初約翰總認為過不了幾天事情就能解決，他會再次和克拉斯一起行動。可是一天天過去，他逐漸開始擔心，會不會自己再也不能和克拉斯搭檔了？他不敢再想下去。

約翰瞇起眼，放慢步伐，與克拉斯進行過「刻印」後，每當他集中精神去尋找，就能感覺到克拉斯的氣息、克拉斯所在的位置。當然，克拉斯仍然在隔離室裡，這一點協會的人都知道。儘管如此，約翰還是總是忍不住偷偷使用「刻印」帶來的異能，這會讓他覺得安心，彷彿從未離開克拉斯身邊。

同一天日出前，門科瓦爾家族寄了郵件給克拉斯。他們把所知關於「德維爾・佐爾丹」的事一一詳述。

三十多年前，家族的一位長老曾與佐爾丹交流過關於血族魔法的課題，之後他再也沒見過佐爾丹。長老是在匈牙利認識佐爾丹的，他說那是一位性格嚴謹、為人溫文的紳士，對血族沒有敵意，根本沒有和墮落者聯手行凶的動機。當然，也有可能在這些年內他變了……

血族長老把和佐爾丹認識的過程寫得很詳細。繼續看下去，克拉斯幾乎渾身發冷。

當聽到這個人的名字與自己一樣時，他曾感到十分怪異，現在這種感覺又加重了。從長老的描述來看，德維爾・佐爾丹是匈牙利當地人……而匈牙利的姓名順序和大多數歐洲人是相反的。

他們就像東亞人一樣，姓氏在前，名字在後。德維爾才是姓氏，佐爾丹是他的名字。他的姓氏和自己的名字一樣，他是匈牙利人，他也有真知者之眼……

克拉斯走到門前，敲了幾下門，又撥通了協會櫃檯的電話。還沒等到回應，門就開了，傑爾教官和幾個驅魔師站在外面。

「我想和你們談談。」克拉斯說。

「事實上，我們也是，」傑爾教官和驅魔師們走進來，重新關上門，「讓我先說吧……我們有兩個消息要告訴你。」

傑爾教官看上去很疲憊，像是一夜沒休息。克拉斯也差不多，眼睛下面掛著青色的陰影，「兩個消息？一個好的一個壞的？」

傑爾苦笑，「恐怕兩個都是壞的。」

「那我就不用挑先聽哪個了。」

教官拿出一份傳真文件交給克拉斯，「美國鹽湖城辦公區聯繫了你母親，這是她的……」傑爾原想找個更溫和的說法，最終還是使用了最貼切的詞，「審問記錄。」

克拉斯的母親叫戴文妮，這些年一直生活在美國，是古代咒語和圖騰、咒符文化方面的專家。

鹽湖城辦公區對待戴文妮和西灣市對克拉斯差不多，用法術挖掘她的記憶、偵測她身上的魔法殘留、靈魂特質等等，並且讓她詳細回憶了克拉斯從小到大的每個細節。戴文妮沒有任何問題，她身上沒有魔鬼氣息，更沒有被施展什麼未知法術的痕跡。她認為克拉斯很正常，從沒有什麼異於常人的表現，克拉斯的法術啟蒙教師是戴文妮自己，她保證克拉斯小時候沒有接觸過其他施法者。

要說異常的事只有一件，那就是他們一家三口曾經遭遇意外事故，她丈夫因此身亡。起初戴文妮堅持說那是一次加油站爆炸事故，漸漸地，她權衡利害，向協會說出了當時真正發生的事。

無威脅群體庇護協會

「我丈夫的真名不是大衛，而是德維爾・佐爾丹。」

當她這麼說時，鹽湖城辦公區已經派人寄了郵件給西灣市。現在戴文妮還不知道「佐爾丹」曾經出現在哪裡、做過些什麼。

戴文妮還說：「我真正的名字是德維爾妮・吉斯・米拉，而不是戴文妮・克拉斯[1]。我和佐爾丹的父母都是奧術祕盟的巫師。從孩提時代，我們就已經參與當地機構的祕密研究。後來我和佐爾丹結婚，決定離開那個地方，過普通人的生活。但是不行，他們不可能讓我們自由。佐爾丹為拖延時間被他們殺死了，是遊騎兵獵人救了我和兒子。我知道，奧術祕盟是我永遠的汙點，而且他們也不會放過我和我的孩子，我們不得不隱藏身分……我不是故意要欺騙協會的。」

之後，戴文妮央求鹽湖城辦公區的同事保護她，並發誓自己確實已經徹底脫離了奧術祕盟。後面的部分……克拉斯已經看不下去了，他的眼睛停留在上一段供詞上，久久沒辦法抬起頭來。

「開什麼玩笑……」他的拇指把紙張邊緣捏得發皺，「我見過父親的照片，他長得和佐爾丹完全不一樣，一點都不像！而且佐爾丹的年齡也不對……」

不僅是照片長相不同，他一直以為父親叫大衛，母親說他們全家很早就離開巴蘭尼

1 匈牙利姓名順序和東亞差不多，先姓後名。匈牙利女性婚後從夫姓的方式不是直接改，是在姓後加「妮」的音，但這只是其中一種方式，有他們據說有七種不同的改名字方式……所以「戴文妮」其實是個假名，她是為了躲人。而且她把這個當作「名字」，其實這個應該是她的姓氏的變體，實際上她是「德維爾妮」。

亞了，姓名也並不是匈牙利式的。

其實克拉斯有一點心理準備。在讀血族長老寄來的資料時他就隱約感覺到了。

德維爾根本不是他的名字，而是他的姓氏。

「你往下看就知道了，」傑爾和身邊的驅魔師對視，「戴文妮告訴協會，她給你的照片都是故意作假的。她想徹底抹消你父親的痕跡。而關於佐爾丹的年紀……我們相信，雖然佐爾丹是你父親，但那個『醫師』已經不能算是他本人了。」

「那他是什麼？」

「任何可能的東西，」一個驅魔師說，「真正的佐爾丹應該已經死了。他曾經向遊騎兵獵人出賣祕盟內的情報，祕盟的人不會寬恕他的。克拉斯，你親眼見過他，和他近距離接觸過，當時你仍有真知者之眼，在你的眼裡他是什麼樣子？」

克拉斯回憶起來。那個人沒有不死生物的特徵，是有血有肉的活物。至於他的靈魂出現了怎樣的改變，那就不是真知者之眼能看出來的了。

「戴文妮還有別的東西沒說出來，」驅魔師嘆口氣，「還有一部分很重要，她不肯說，並拒絕接受記憶探查。如果得不到她的配合而強行探查，法術會在她身上留下難以逆轉的傷害，鹽湖城辦公區不想這麼做。」

「為什麼她不願意說出來？」克拉斯問。

「戴文妮說要見你，她說……想再見你一面，然後就把她知道的東西都告訴我們。」

克拉斯苦笑著抬起頭，「我懂了，她想確定我是誰。」

不論佐爾丹是什麼，也不論他現在變成了什麼樣的人，總之他和戴文妮的後代不可能帶有魔鬼特徵。魔鬼與人類是沒辦法產生後代的。唯一的可能性是，他們的孩子在胎兒或嬰兒時就被魔鬼取代了。

「所以，戴文妮正在趕往西灣市？」克拉斯問。

傑爾點點頭，「是的，有兩個鹽湖城的同事以及三個歐洲遊騎兵獵人護送她。這就是我說的第二個壞消息了。」

見自己的母親怎麼能算壞消息呢？克拉斯交握著雙手，自嘲地笑出聲。如果戴文妮真的認為他不是她的孩子呢？他僵坐在那裡，維持平靜的外表已經耗盡了他的全部力氣。

「我知道你很難熬，」離開隔離室前，傑爾教官踏前一步，本來想拍拍克拉斯的肩，最終還是收回了手，「真的很抱歉，我不知道應該說些什麼。你什麼都沒做錯，但我們沒有別的辦法。」

克拉斯繼續留在隔離室裡，靠手機上的時鐘計算日期。機械鐘表可以當作施法道具，所以室內沒有。

「你什麼都沒做錯，但我沒有別的辦法。」

他回憶起，第一次聽到類似的解釋是在史密斯的口中。那時史密斯還叫「愛琳」，是克拉斯的妻子。他們離婚時史密斯說過：「你什麼都沒做錯，可是我沒有別的辦法，我無法和你正常地生活。」

海鳩女士也對他說過這樣的話。

「你什麼都沒做錯，可是我沒辦法面對你，沒法再留在這裡。」

好像所有人都會這麼說：「你什麼都沒做錯，但我沒有別的辦法，我只能離開你、傷害你、把你推離到很遠的地方去。」

他的人生中一次次聽到類似的話語，甚至這有可能根本就不是屬於他的人生！

三次婚姻是假的，實際上只有一次，對象是一個變形怪；當代藍鬍子般的神祕魅力是假的，實際上他每天晚上都忙著伺候尋求幫助或來借宿的超自然生物，屋子裡每個房間都被人看過了，一點都不神祕。姓名是假的，母親的身分是假的……甚至自己的整個人生都有可能是假的。

與奧術祕盟的殘餘勢力交鋒是真的，慘死的同事是真的，不停出現在他視野裡的德維爾．佐爾丹是真的。

身上檢測出幽暗生物特徵——魔鬼的氣息，也是真的。

「對，你是無辜的，可是這是我們的工作。」

意識中突然響起一句話。憑空出現，就像是記憶的一部分。聲音很陌生，每個字都讓他噁心得發抖，引起非常不愉快的條件反射。每當自己怒斥著什麼時，就有人對他說這句話。

這是誰在說話？在什麼時候說的？他想不起來，微小的記憶猶如在黑夜裡劃亮火柴，那一點點小火苗轉瞬即逝。隨之湧進腦海的還有些模糊的光影，就像隔著溼潤的磨砂玻璃看車尾燈一樣。

他努力排斥這些回憶，不願意想起來……它們復甦得越多，自己就會離現在的人生越遠。

克拉斯靠在枕頭上，用力平復呼吸，胸口像有千鈞重壓，令他窒息。

他翻開手機裡的所有連絡人。有一大半是協會的人，以及工作中結識的黑暗生物、超自然物種居民，剩下的一小半是書商、票務公司等等。不知道什麼時候，他撥通了約翰的電話。

約翰剛剛回到家——克拉斯的家，正在清洗被本土大腳怪弄髒的腳墊。

「嗨，你還沒睡？」克拉斯問。

約翰反問：「你呢？你是醒了還是一夜沒睡？」

克拉斯躺在床上，抬起手臂，看著前臂上有點難看的傷疤。是他自己用約翰的獠牙割傷的。

「約翰，今天傍晚你也照舊來辦公區嗎？」

「當然，需不需要幫你帶什麼東西？」

「不，只需要你。」

約翰一愣，他怎麼也想不到克拉斯會說出這麼……曖昧的發言。

「去告訴傑爾教官，你要見我，」克拉斯繼續說，「告訴他我們已經進行過刻印了，然後……進行締約吧。」

「你在說什麼？」約翰吃驚得把手裡的刷子掉在瓷磚上。

「吸血第三次，對我締約。」克拉斯堅定地說。

「『締約』無法阻止幽暗生物。」路希恩對著一架類似顯微鏡的透鏡儀器，頭也不抬地說。

約翰想辯解，路希恩忍不住嗤笑，「如果能靠締約控制魔鬼，那現在全世界的血族都該冠上地球英雄的稱號了。」

「你們試過嗎？」約翰問。他並不想進行締約，但是如果這能讓克拉斯離開隔離室，也不失為一個妥協的辦法。

路希恩抬眼看向他，扶正鏡片，「試過，歷史上有血族試過……結果損失慘重。幽暗生物無法靠任何方式控制，無論是理論推算還是實踐案例，結果都是一樣。如果你想了解血族與魔鬼的鬥爭，很多地方都還留著當年歷史記錄的抄本，黑月家私人圖書館就有相關資料，我可以叫麗薩陪你去；或者你也可以去協會裡藏書較多的辦公區，比如倫敦、里約、德黑蘭、加爾各達、青島……」

「但締約可以讓我能夠掌握克拉斯本人的行為，對嗎？」約翰不甘心地問。

「你到底有沒有認真聽我說話？」路希恩坐下，手指輕敲著桌面，就像因學生太愚鈍而發愁的老師，「對，你可以控制克拉斯本人的行為，但是一旦他身上的幽暗生物特徵掩蓋人性，力量產生波動，那麼出現的東西和他本人就是兩回事了。想像一下，你面前有一杯毒藥，你有個魔法，能控制杯子如何移動或是否移動，可是你無法阻止毒素洩漏到空氣裡。」

「他出問題都是在極端情況下，」約翰說，「比如靈魂被邪靈吞噬，或者遭到不明敵人的襲擊……而在平時，他從未失控過，他和普通人沒有區別！只要我們能掌握他本人的行為，保護他，也許就能讓他不再失控。就像……保證那個杯子不被顛簸……」

路希恩長嘆一口氣，對約翰擺擺手，「算了。如果你這麼堅持要咬他，你就去。反正締約是你們兩個之間的事。和我們的應對方式沒關係。」

約翰怔在那裡說不出話。最終他放棄了，轉身離開路希恩的臨時辦公室。

現在是夜裡十點，再過兩個小時，克拉斯的母親戴文妮就要到達西灣市了。她是協會美國鹽湖城辦公區的教官，符文專家，同時也曾經是奧術祕盟的巫師。

約翰已經聽傑爾教官講了克拉斯父母的事情。他完全能想像出克拉斯此時有多麼慌亂，甚至恐懼。

根據戴文妮所述，德維爾．佐爾丹早就已經死去了，協會已經從遊騎兵和羅素先生那裡得到了證實。當年遊騎兵獵人救了戴文妮和她的兒子，那些人也同樣尋找過她的丈夫。趕到時已經晚了，他們看到了巫師們殺死德維爾．佐爾丹的畫面。

一名遊騎兵說追捕德維爾夫婦的巫師之中有羅素先生——現在的地堡監獄典獄長。這和羅素自述的過往經歷完全吻合：奧術祕盟的小型地下機構中曾有一批人失控，他曾經參與剿殺，並且剿殺目標之一似乎有真知者之眼。羅素說那個人的眼睛被法術燒熔了，看不出瞳色。

克拉斯、史密斯以及迷誘怪夫婦和吸血鬼伯頓都見過佐爾丹，佐爾丹的眼睛好好的，甚至可能仍保有真知者之眼的能力。

協會向路希恩請教此事，因為黑月家對真知者之眼的研究已經進行了幾十甚至上百年。路希恩說，真知者之眼並不是眼球自身的功能，而是與肉體、靈魂三者共生的，只不過持有者仍要通過眼球來視物。一旦持有者失明，真知者之眼自然也沒辦法再起作用，但如果他通過更換角膜之類的手術來復明，能力就會重新出現。

「不排除義眼的可能性，」路希恩這樣推想，「只要能擁有取代眼珠功能的東西，真知者之眼就能通過它再次發揮作用。用魔像技術就能製作義眼，對奧術祕盟的人來說不難辦到。」

也許等戴文妮到來後，事態還會有新的進展。畢竟她似乎還掌握著些當年的細節。鹽湖城分會派獵人和她一起乘機，西灣市辦公區則派麗薩、卡蘿琳、約翰還有洛山達負責接應。

他們乘坐小型巴士，由洛山達來開車。在路上，麗薩突然開口，「我一直想說聲對不起。」

「什麼？為什麼？」約翰問。

「為很多，」她交握著雙手，「在吉毗島，我看到克拉斯身上閃現出奇怪的黑色光亮，我第一時間就把看到的告訴了路希恩和協會……」

「這個我們知道，」卡蘿琳說，「就算妳不說，妳哥哥也已經檢測到了，他不是一直在和克拉斯搞什麼私下的檢測嗎？」

「這就是我想說『對不起』的另一個原因了，」麗薩看著她，又看向約翰，「你們不了解路希恩，你們認為他嚴謹而且知識豐富。是的，他是這樣，但同時他……他會找到所有證據，證明克拉斯不是人類。」

約翰說：「假如克拉斯確實不是人類……那也是沒辦法的。」

麗薩擺擺手，認為約翰仍沒明白她的意思，「路希恩希望克拉斯是魔鬼，你們明白嗎？當我知道克拉斯偷偷和路希恩合作調查自己身上的變化時，我比你們所有人都吃驚。你們知道路希恩在他身上用掉的設備和消耗性魔法物品值多少錢嗎？數字也許不是重點，重點是，他的每個檢測、探知專案，都在力求證明克拉斯身上的異常之處。我問過他，他說……這是難得的研究機會。」

她停下來抿了抿嘴。作為家人，她並不厭惡路希恩本人，但又實在難以忍受他的某些態度。

「他說：『如果克拉斯確實是魔鬼，就更難得了。』這是他的原話。他還說想盡可能加快進度，如果克拉斯失控了，他也不用再有心理負擔……」

「這是什麼意思？」約翰不由得握緊拳頭。

麗薩搖頭嘆息，「你沒見到那個場面……但是卡蘿琳見過。」

「見過什麼？」卡蘿琳問。

「妳見過我和路希恩是如何對待惡魔的。」

她的聲音很輕，語氣也只是陳述。卡蘿琳卻感到一陣寒意。

約翰也明白她指的是什麼了。如果克拉斯確實是魔鬼，而且越來越危險，那麼研究者們也不再需要顧及禮貌和人道，施加在其身上的痛苦也會越來越多。他們會不停在他身上尋找答案，等萬不得已時最終再殺死他。

「能換個話題嗎？」開車的人間種惡魔洛山達小心翼翼地問，「越聽越可怕了，考慮一下我的心情好嗎？」

夜間航班落地。戴文妮和大家想像中的不太一樣。她體態發福，神色慵懶，穿著開架品牌的休閒服，一點「巫師」的氣質都沒有，更像是普通的中年主婦。而且，以她的真實年紀來說，似乎衰老得有點過快了。

約翰倒是一眼就認出了她。他在幻覺中見過這個女人，那時的她還很苗條，身形挺拔，美麗中有種拒人於千里之外的氣質。他看過她的面龐一閃而過，佐爾丹曾站在她身邊。從那些畫面裡，約翰看不出這二人的關係。也許他們本來也不僅是夫妻這麼簡單，同樣在奧術祕盟被撫養長大，同樣身為巫師，他們之間的默契也許比愛情更多。

車子駛出艾菲達機場時，約翰傳了條簡訊給克拉斯。克拉斯在完全封閉的房間裡，每一秒都不好受，約翰總想幫他多分散注意力。

「我該怎麼稱呼她？」約翰在簡訊裡問，「鹽湖城辦公區的人一言不發，也不做任何介紹。」

克拉斯回覆得很快，顯然他一直醒著，「你可以叫她『教官』，這是對協會內教官的統一稱謂。」

約翰繼續問：「我還想問一件事，巨蜂人莎拉想向銀行申請商業貸款，但是她除了公民證件外沒有其他社會身分的證明了，這樣可以嗎？」

「看她要申請多大額度？如果不多，協會有辦法幫她。」

「申請批准貸款必須本人親自去。她的面部沒什麼問題，但身體明顯不是人類，怎麼辦？幻術能維持很久嗎？」

「問麗薩吧，她也知道具體做法。」

「可以打電話給你嗎？」約翰問。

「當然可以，只要你不介意這邊需要監聽和錄音。」

撥號時，戴文妮好奇地看著他，「你認識德維爾？」

約翰點點頭，「是他引薦我加入協會的。」

電話接通，他們在通話中聊著如何幫助蜂人、最近約瑟夫老爺的近況等等，像以前二人搭檔處理問題時一樣。

深夜的街道寂靜無聲，車子裡的所有人都各自看著窗外，只有約翰在說話。他的聲音顯得不真實，就像是在另外一個時間、地點，就像之前的事都沒發生過一樣。

「你別怕吸血蝠，」克拉斯已經開始交代另一件事了，「他們對血族有天生的狂熱崇拜，別人很難和他們交涉，血族就不同了，你提出的每個建議他們都會樂意照做。」

「好，我知道了。」

約翰絞盡腦汁想再問點什麼，克拉斯卻搶先說：「戴文妮在你身邊，對嗎？」約翰點點頭，他都忘了這是對著手機，克拉斯怎麼可能看得到他點頭。

克拉斯明白這沉默的含義，「我想和她通話，可以嗎？」儘管他們再過幾十分鐘就能見面了。

戴文妮已經聽到了。實際上她剛才一直在屏息聆聽克拉斯的聲音，但不願主動提出通話要求。車上的鹽湖城辦公人員示意同意，約翰把手機交給戴文妮。

「媽媽？」克拉斯的聲音令戴文妮脊背發抖。

沒有任何問候或安慰，她直接問：「你能感覺到自己是誰了嗎？」

克拉斯那頭沉默著。她繼續說：「我看到協會的資料……我已經隱約知道了。」

「知道什麼？」克拉斯的胸口發悶。

「我知道你可能是誰了。」

戴文妮眼圈發紅，她的聲音顫抖著，語氣冰冷得可怕。

克拉斯的通話一直被協會監聽著。

櫃檯的艾麗卡放下耳機，看向傑爾教官。卡羅爾和兩個新實習生站在隔離室門前，協會總部的驅魔師和獵人也紛紛站起來。他們不能透過門扉看到克拉斯，但仍不由自主地注視著那方向。

戴文妮所透露的資訊十分重要，她認為這個「克拉斯」不是她的兒子。也許她還有更多解釋，但目前光是看結論就已經夠糟糕了。

隔離室裡亮著微弱的燈光，克拉斯坐在床沿上，背挺得很直，幾乎有些僵硬。他單手捂著嘴巴，不想讓越發沉重的呼吸聲被電話裡的人聽到。

房間似乎在塌縮、壓緊。他置身於萬鈞岩石之下。

戴文妮深呼吸，閉上眼再睜開，「我不敢相信這是真的。是我養育了你，從始至終，我養育過的只有你……」

鹽湖城辦公區的獵人彼此對視，不明白戴文妮為什麼會這麼說。看樣子，她像是已經確信克拉斯並非人類了，既然如此，她又何必非要來西灣市見克拉斯？她完全可以待在美國把這些說清楚。

她繼續說：「你看，我們很快就會見面了。我想再見你一次，親眼看到你的臉。抱歉，現在我控制不住自己的情緒，你了解我，我其實很容易激動起來……」她用手掌拭去頰上的淚，眼神中幾乎含著絕望，「我沒法再愛你，可是卻又想念你。」

戴文妮說著的時候，約翰已經把手機要了回去，「克拉斯，你還在嗎？」

沒有回音，約翰不知道是克拉斯是故意保持沉默，還是已經丟開了手機。

「還有幾分鐘我們就到協會了，」約翰說，「一切都還不清楚，接下來我們會弄明白的，好嗎？你怎麼樣了？」

遲疑了很久，克拉斯才說：「我聽懂她的意思了。我不是克拉斯。」

「你當然是！你……」

下面的話還沒說出來，一股強烈的衝擊掀翻了小型巴士。

約翰的注意力全都集中在通話上，耳畔響起驚叫時，他還沒反應過來發生了什麼。一輛油罐車從紅燈的路口全速衝過來。對方故意沒有剎車，推撞著他們的巴士一直衝向路口店鋪的櫥窗。輪胎摩擦地面，聲音刺耳，接著又被撞擊聲吞沒。巨響直接傳入拿著手機的克拉斯耳中。

「約翰？」

他站起來，條件反射地想往外走，幾乎忘記自己正被囚禁在隔離室內。通話沒有中斷，他仍能聽到金屬摩擦聲和一些人聲，可是約翰卻遲遲不回答他。

車子撞進商店的瞬間，以兩輛車為中心，一張灰色半透明的不規則薄膜延展開來。它從建築中穿過，飛揚的碎屑飄出薄膜外。

人間種惡魔洛山達的速度比較快，他在車子被撞翻的瞬間就跳出了駕駛座，還從副駕駛座拖出來一個獵人，但他們無法走出這層薄膜的範圍。約翰也撕開車皮，把戴文妮挪出來。

巴士被撞得變了形，其他人被困在車廂裡，有個獵人昏迷了，卡蘿琳和麗薩被扭曲的車座卡在原地。

油罐車凹陷的前廂車門脫落了，從裡面跳下來一個人。當戴文妮看清他的模樣時，她驚恐地拚命抓住身邊的約翰。約翰同樣直直盯著那個人，不敢相信現在發生的事。

是那個黑髮藍眼的高個子男人，數次出現在協會記錄中的德維爾・佐爾丹。他看起來也人到中年，但比戴文妮年輕一些，身形挺拔，仍穿著很多天前在吉毗島參加酒會用的禮服。

這是約翰第一次真正注視著他。以往要嘛是聽人描述，要嘛是從畫像中想像，或者是在幻視中看到他。佐爾丹根本不像個正常人，他的眼神中空無一物，沒有任何情緒波動。

「背叛者之一，德維爾妮。」他緩緩朝戴文妮走來。他認識戴文妮，但似乎並不認識曾是他妻子的戴文妮。

約翰和洛山達擋在他面前。佐爾丹停下腳步，摘下已經汙損不堪的白手套。袖筒裡滑出一把木柄折疊刀，刀鋒彈出，是銀光形成的半透明鋒刃，與麗薩的銀色馬刀是一樣的東西，只有刀柄設計不同。

每個施法者都知道黑暗生物畏懼什麼武器。佐爾丹顯然知道眼前的兩個男人是黑暗生物，據說他也有真知者之眼。

戴文妮勉強站起來。由於是作為巫師被押送的，現在她身上沒有任何能防身的東西，「你是誰！」她喊著，「你不可能是佐爾丹……佐爾丹已經死了！就算他仍然活著，也不可能是這個樣子……」

佐爾丹不回答，也並不急於發動襲擊。空氣中漸漸出現異味，撞擊發生後，車子的油箱開始洩漏了。

灰色屏障是他施展的。它隔絕不了空氣流通，但卻能阻止生物離開。所有人都被困在了狹小的範圍內。

克拉斯用力敲門，拳頭痛得都開始麻木了。沒人回答他，顯然他們不準備放他出來。

西灣市辦公區已經從克拉斯的通話裡聽到了發生的事，幾乎所有人都離開了大廈，趕往事發地。留在辦公區的只有櫃檯的艾麗卡和一個獵人。他們誰都沒有打開隔離室的許可權，就算想開門也辦不到。

克拉斯開始耳鳴。手機裡傳來一連串的噪音，金屬撕裂聲，土石崩塌聲，利器刺穿軀體時的聲音……微小的呻吟聲，哭喊、爆裂、質問、電磁干擾聲……

他把手撐在門上，慢慢跪倒。

他剛剛聽到的慘叫聲來自戴文妮，他認得自己母親的嗓音。

他聽到麗薩念咒語的聲音，約翰嘶吼著呼喚洛山達，洛山達卻沒有回應……聲音突然徹底消失，變為雜音。大概是約翰的手機徹底損壞了。

現在克拉斯看不見任何畫面。

他連面前的門扉和地板都看不見，像是徹底失明般，可是他自己卻又不知道。他仍注視著視野裡出現的東西：棺材般狹小的四壁，門打開又關上，他偶爾低頭一瞥，自己的身體上布滿密密麻麻的傷痕或刻印，沒有一點平滑之處，連指尖和指甲下都不例外，血珠還沒徹底凝結，一滴滴落在腳下的魔法陣上。身體每一處都痛得像在被焚燒。

巫師們看著他，竊竊私語，而他卻隨著法陣裡的光芒而無休止地慘叫。他們說：

「對，你是無辜的，可這是我們的工作。」

他看到有人私下對他低語，有人破壞禁錮他的法陣。他和身邊的人一起跑過昏暗的通道，有時他會停下來等他們，有時他們在遠方向他伸出手。

他躺在澄淨的藍天下，花草的香氣取代了血腥味。他的呼吸漸弱，黑髮藍眼的男人俯身對他說話……

霧氣瀰漫住視野。

他站在郊外的房子裡，戴文妮教他念最基礎的古魔法文字，告訴他什麼是真知者之眼。

他從普通的學校畢業，在無威脅群體庇護協會入職、實習，傑爾教官第一次帶他去和狼人流浪漢談判……

他和史密斯約會、結婚，可是後來史密斯又決定離開他。

佐爾丹——那時他還不知道這個人是佐爾丹——殺死了他的數名同事，又輕聲問他「你是誰」。

他因為三任妻子的「死亡」而被員警盤問，史密斯送他禮物賠禮道歉……

還有，那是個暴雨前的傍晚。當時他正在試著做點心，屋子樓上的法陣裡還關著兩隻魅魔。有人敲開他的門，自稱來自雜誌社，可是實際上這個人是血族，他叫約翰·洛克蘭迪……

克拉斯稍稍恢復了意識，他想起了自己此時身在何處。他想繼續敲門，想找到地上的手機打電話給協會櫃檯。可是他什麼都看不見，甚至沒辦法抬起手。

他並不是由於虛弱無力才無法動彈。而是……他根本感覺不到自己的身體。

艾麗卡渾身發抖，指指隔離室，「裡面……是什麼聲音？」

「是他在敲門嗎？」獵人也覺得奇怪。隔離室裡肯定只有克拉斯一個人，但是敲擊和摩擦聲凌亂而密集，根本不像一個人能弄出的動靜。

起初他們還聽到克拉斯在喊叫，他們也回答了，可是克拉斯似乎聽不到。之後安靜了幾秒，接著就出現這種不明聲響。

監視用的儀器開始發出警報，艾麗卡手忙腳亂地查看，接著像是被凍在了螢幕前，「隔離室……隔……」

「妳在說什麼？」獵人也走過去，可是他看不太明白那些字眼的意思。

「隔離室的法陣隔層失效了……」

有東西在挖掘和吞噬。隔離室牆體裡的多重符印、材料開始一個個失效，摩擦聲越來越大。獵人並不知道將會發生什麼，他僅憑多年的戰鬥直覺作出判斷。

「離開這裡！」說著，他抓住艾麗卡跑出去。

現在是凌晨了，辦公大樓的電梯已經停止運行。而且他們也不能乘坐電梯。當他們跑到樓梯間時，大廈開始顫動，並發出令人牙酸的聲音，就像發生地震時那樣。他們被晃得摔倒，差點滾下樓。他們沒時間查看身上的瘀青，只能繼續向下。

仍在樓梯間內的他們看不到——辦公大樓外部的裝飾燈光全部熄滅，樓體發出噪音。從高層開始，牆磚、裝潢、鋼筋都開始脫落，建築結構脆弱得像紙片。

當他們還剩幾層就能跑出大廈時，整棟建築轟然傾頹，就像對樓體進行定點爆破一樣。跟著走廊一起下墜時，艾麗卡尖叫著拔出一把槍，看起來像把信號槍。射擊聲之後，球形的法術力場盾展開，為她和獵人擋住壓下來的重物。

艾麗卡不太擅長施法，她只是協會的櫃檯人員。這把能發射魔法力場盾的槍是克拉斯送她的禮物。因為她偶爾也難免要和超自然生物打交道，有點能自保的手段才好。

搖動和落下又持續了一會，終於安靜了。連獵人也嚇得說不出話，愣了好久才反應過來要安慰身邊的艾麗卡。

「我沒事，多虧有這個，」她摟著手裡的信號槍，「但是……我們被困住了……」

「會有人來救援的。」獵人摸摸圓形力場球，周圍都是凌亂的鋼筋水泥塊，他們差一點就會被埋葬在其下。

「但願三小時內就有人來，」艾麗卡說，「克拉斯說這把槍每次至多只能持續三小時……還有，當救援隊把我們挖出來時，我們要怎麼解釋這個球？」

獵人想了想，「……那就不解釋，我們什麼都不知道。」

街道上，只要一點火花，兩輛車子隨時有可能爆炸。灰色的屏障阻止生物出入，約翰他們無法逃離。同時，壁障卻不會阻擋其他物質。一旦發生爆炸，周圍的建築物全都會被波及。

遠處已經響起警笛聲。而協會的人來得比警車更快。可是，大家都無法走進灰色屏障裡。有驅魔師能夠辨識出這個巫術，卻一時難以解消它。傑爾教官命令所有人撤離到安全距離外，只有他和史密斯留下繼續嘗試破壞壁障。

因為油箱洩露，卡蘿琳不敢開槍，現在的她什麼都做不了。她被卡在巴士裡，只要一動，腿就痛得幾乎要昏厥。

洛山達被銀色彎刀釘在地上，痛苦地痙攣著。佐爾丹還有另一把銀彎刀，他想殺死戴文妮，也並不在乎同時殺死其他人。

約翰和一位獵人仍在與佐爾丹周旋，想替車裡的人爭取逃脫時間。其實約翰可以逃離，他可以霧化為塵埃，但他沒有這麼做。血族的速度和力量比人類強很多，在有其他獵人配合的條件下，他有自信可以抓住佐爾丹。

約翰避開鋒刃，跳到被擠爛的車廂上方。獵人則趁機撲向佐爾丹，他是人類，並不怕那把銀彎刀。在佐爾丹念出一串咒語時，約翰比風還快地出現在其身側，鋼鐵般的指甲穿透佐爾丹的右肩胛。但佐爾丹並沒有停下，他像根本不知道疼痛般轉動手臂，彎刀同時也穿過了約翰的胸膛。

約翰直直向後倒下。銀彎刀很細，無法造成太大的出血和傷口，他暫時沒有生命危險。但是血族被釘住心臟時會被定身，即使意識清醒也不能動彈。

他聽到卡蘿琳在罵髒話，然後又尖叫，大概是被卡住的腿實在太痛了。壁障外，史密斯和傑爾教官擺了滿地的瓶子，魔女血裔的卡羅爾跑回來，似乎是叫他們嘗試用他的血做某種法術……約翰聽不太清楚，因為一種更強烈的感覺突然攫住了他。

他感覺到克拉斯的位置變化了。

這是刻印帶來的效果，他能夠在一定範圍內感覺到克拉斯的生命狀態以及所在位置。克拉斯在向他們靠近，而且速度快得不可思議！更詭異的是，克拉斯的氣息時有時無，就像每隔一會就中斷半秒的訊號，十分不穩定。

約翰不敢猜下去……克拉斯有可能已經失控了。

「我快成功了！」史密斯大叫著。灰色的障壁開始抖動，濃度減退。

約翰感覺到克拉斯越來越近，幾乎只差幾條街……幾百米……就像吸血時反而被克拉斯身上的東西侵襲般，此時，他再次感到自己的意識被克拉斯影響。

克拉斯的魔鬼特徵也許確實是真的。他的氣息中裹挾著一種恐怖的壓迫感，光是感知他的靠近就令人想要尖叫著逃離。約翰發不出聲音，也不能動。

突然灰色障壁崩塌了，史密斯破除了它。傑爾教官和卡羅爾衝進來，遠處的驅魔師們也跑了過來。

麗薩看到佐爾丹的嘴唇在動，那是個引發火星跳動的小魔法，在平時只能算戲法，現在卻是致命的招術。

「阻止他念咒語！」她高喊。

雖然獵人們來不及衝過去，但佐爾丹的咒語確實沒能念完。

一種重壓感猛然出現，彷彿空氣變重了數倍，讓人被擠壓得抬不起頭。

夜色中泛起黑曜石切面般的光芒，它呼嘯著穿過佐爾丹身邊，巫師的脖子上出現一條細細的紅線。

他的頭顱從肩上滾落，可是身體卻毫不動搖。他仍手持銀色的彎刀，繼續一步步向戴文妮靠近，攻擊每一個靠近身邊的人，甚至物體。

協會的人們因眼前的場面而震驚，但並沒有慌亂。他們阻擋佐爾丹，救出被困住的人，盡可能逃離漏油的車子。

傑爾教官拔出約翰胸前的銀刃。傷口又痛又冷，約翰一時站不穩，被傑爾和史密斯攙扶著才慢慢爬起來。

夜色中響起群鳥振翅般的噪音，濃黑的成群物體從街道一頭靠近。

狂風裹挾著葉形的黑色銳利薄片，它們所及之處，牆體、號誌燈、路燈都被切得粉碎，連燈光都被黑暗吞噬得一絲不剩。電路被損壞時的火星飄過來，引燃了地上的油。人們只能頭也不回地拚命跑，下一秒，震耳的爆炸聲就在身後不遠處響起。

聲音聽上去很奇怪。第一波熱浪燎傷了行動稍慢的人，可是熱度卻在一點點減少，聲音也悶悶的漸弱。

黑色的葉子在空氣中飛舞，所到之處，光芒和熱量被它吞噬、分解。它不僅會將血肉和物體碾碎，連聲音和光也會被它捕捉並摧毀。那團東西吞噬了整個爆炸，並繼續向人們逼近。整條街都要被它切碎了，地面被削割得深凹下去。

人們不敢停下來，向反方向撤離，沒有頭顱的佐爾丹搖搖晃晃地追上去，手裡的爆裂魔法不停閃耀，卻因為無法念咒語而再也沒辦法觸發。

戴文妮忍不住轉過身，「你確實死了……」她看著佐爾丹，「我懂了，他們對你做了抽取……」

距離她最近的獵人靠過去，想拉著她快點跑。當他用力拽她的手臂時，隨著一聲槍響，她摔倒在地上。

佐爾丹不知什麼時候撿起了卡蘿琳的槍。銀芯彈對人類同樣能造成傷害。沒有頭顱的佐爾丹並不知道自己是否打中了，他連續扣動扳機，子彈從獵人肩頭擦過。

黑色碎片猛撲向他，他的手從身體上脫落。然後是另一隻手，肩膀，胸口……當腿部開始瓦解時，他的身體頹然倒地，被切割成一團碎肉和血沫。

風暴呼嘯著，繼續向前，獵人抱住戴文妮，緊緊閉上眼。在最前方的黑光距他們不到四英尺時，約翰躍過兩人的頭頂，擋在黑光與他們之間。

風暴在原地旋轉、嘶吼著，侵襲向前的黑光碎片停住了，時急時緩地盤繞在他們身邊。

「克拉斯？」約翰試探著。即使有血族視力，他也看不到克拉斯在哪裡，颱風眼中心的黑暗太過濃重。

「我們安全了，」約翰大聲說，「我能感覺到你，我知道是你。你還好嗎？」

約翰身後，協會的人小心地把戴文妮挪得更遠，傑爾教官對著手機小聲通話，並指揮人們緩緩分散退開。

黑光的範圍收斂了很多，但並未消失。

約翰向黑光伸出手，沒來得及後撤的黑色薄片割開了他的手掌。他沒有收回手，可是黑光風暴卻開始後退，振翅聲變得更加尖銳刺耳，像是嘈雜的嘶叫。

它後撤、塌縮，從街道的某個路口消失不見。約翰追過去，並沒看到克拉斯的身影。

「你能感覺到克拉斯在哪裡，對嗎？」傑爾教官走過來。

約翰點點頭。

「他離開很遠了嗎？」

「沒有，他還在西灣市……」

「具體位置呢？」

約翰想了想，「我們之間的感應變得很不穩定……我需要時間才能確定。」

現在街道徹底恢復了平靜，警方和救護機構也紛紛趕到。沒有人明白剛才發生了什麼，人們眼前的場面實在太不可思議，道路和房屋以及一切設施都被切碎了，每個斷面都是銳利平滑的割痕。協會西灣市辦公區所在的辦公大樓徹底傾頹，救難人員怎麼都分析不出一個合理的原因。

無威脅群體庇護協會

戴文妮和所有受傷的人都被送到醫院，其他人則忙於收集佐爾丹的遺骸。這有點噁心，但很重要。

一小時內，全世界的協會分部、研究者、獵人團體和驅魔師機構都收到了警報，遊騎兵獵人和登記過的黑暗生物也紛紛聽到消息。

幽暗生物再次出現在世間，力量屬性與成因不明，能力並不穩定，破壞力驚人。其有人類的身分記憶，人類外形為無威脅群體庇護協會前成員，德維爾．克拉斯。

他們看到的若不是魔鬼又能是什麼？

德維爾．克拉斯若不是魔鬼，又能是什麼。

Unthreatening Creature
Protection Association

Chapter 20

靈魂誓吻

約翰喝掉了三份血袋，胸前的傷癒合得差不多了。趁天還沒亮，他站在夜風裡閉上眼，靜靜感覺克拉斯的位置。跟隨刻印帶來的本能，他從小路穿過了好幾條街，來到頗熟悉的地址。

他沒有告訴任何人，一個人回到這裡。這是他曾經租住的公寓。以前他住在地下室，後來房東收回了公寓打算賣給一家遊戲店，現在新屋主還沒搬進來。地下室的走廊和室內都沒有燈，門的合頁還有些生銹，被推開時發出難聽的呻吟。

他並不害怕，因為他能感覺到，他想找的人比他更加害怕。

「克拉斯，是我。」血族視力讓他能看清，克拉斯頹喪地靠在舊家具邊，一動也不動，低垂著目光。

就這麼安靜地過了幾分鐘，克拉斯終於說話了，「我想起來了。」他的嗓子沙啞，彷彿聲音中帶著血腥味。

「想起什麼？」約翰更靠近點，伸出手。他的手掌曾被黑光割傷，傷口並不大，現在已經痊癒了。

克拉斯沒有看他，但也沒躲開，於是約翰跪在他身邊，攬住他的肩，將他緊緊摟進懷裡。

克拉斯在發抖，身體比平時冰冷得多。

「我想起自己是什麼了。我……我不是德維爾．克拉斯……」

約翰摸著他的頭髮，「你是，至少從我們認識時起，你一直都是你。」

「我不是德維爾・克拉斯。我是由靈魂轉移巫術進到這身體裡的，就如同我對蜥人瑪麗安娜做過的那樣……我能夠存在人類的身體裡，過人類的生活，讓這身體正常地生長，但我不是人類。我不是當初那個嬰兒……」

「對我而言沒什麼區別。」約翰說。

克拉斯猶豫著，不敢伸出手回抱約翰，於是約翰把他摟得更緊。

在約翰懷裡，克拉斯的聲音悶悶的，「約翰，對我締約。我可以放開記憶讓你看到一切。」

「你先得回答我，」約翰在他耳邊說，「我採訪過的恐怖小說作者是誰？」

「……是我。」

「是不是現在的你？」

「是。」

「那麼邀我做搭檔的人是誰？」

「是我。」

「用我的血施法、被惡魔弄到羅馬尼亞、和我一起去地堡監獄當臨時守衛、教我如何幫巨蜂人申請貸款的……是誰？」

「是我……」克拉斯顫抖得更加厲害。

約翰撫摸他的頸側，「讓我進行標記、刻印的是誰?告訴我這代表彼此信任的，是誰？」

克拉斯伸出手，緊緊摟住約翰的背。

他像是用盡全身的力氣，令身為吸血鬼的約翰都被勒得有些疼。他把臉埋在約翰的頸窩裡，沒有再回答，但是約翰已經知道答案。

「不管你是誰，這些東西是真實的，記憶是真實的，」約翰覺得鼻子發酸，他閉上眼，每句話的咬字都很重，「我認識的德維爾．克拉斯就是你，這對我而言已經足夠了。」

約翰的手掌摸索到克拉斯頸後，輕輕拉著他的頭髮，讓他抬起臉。克拉斯昂起脖子，讓約翰貼緊那裡的皮膚。可是約翰並沒露出獠牙。他低著頭，吻住克拉斯的脖子，又順著喉結和下巴來到唇邊。

他們靠在牆邊擁抱，第一次接吻。誰都不想放開手。

「不管你認為自己是誰，」他們緊貼在一起，約翰停留在克拉斯的唇齒之間，「對我來說，我眼前的你就是唯一的，沒有另外一個人和我經歷過那些。」

他捧著克拉斯的臉，在黑暗中凝視他，「抱歉……這一定很突然？我剛才吻你了……」

克拉斯的瞳孔不見了。他的眼白上布滿血絲，眼珠則變成了單色，沒有睫狀體和瞳孔。約翰從沒見過他現在的樣子，不僅是眼睛，還有那種茫然而絕望的表情。

「如果你願意，我和你一起離開西灣市。」約翰說。

克拉斯搖搖頭，「不，你得留下。」

「可是……」

「協會需要你，」克拉斯認真地說，「蜂人女士的商業貸款問題是你負責的，前些天傑爾教官還讓你負責登記西灣市近幾年的外來血族，以及，阿黛爾只相信我和你，我無法再幫助她了，只有你能繼續做。還有金普林爵士他們，我們要負責即時彙報報喪妖精的轉化進程，還有……」

「這些都不重要！」約翰捧著他的臉。

「不，很重要，」克拉斯說，「對你我而言，他們的命運也許無關緊要，無論他們過得好不好都沒法改變我是個魔鬼的現實。可是對他們而言不一樣，他們需要我們，他們面臨的困難是實實在在的，否則他們也不會求援。」

「總會有人去做這些的……」

「那時候，我看得見——卡蘿琳的腿傷得很重，很多獵人也受傷了，而協會辦公區那邊……我不知道我還造成了多大的損害。現在協會需要有能力的人，他們需要你。」

「可是我更需要你！」約翰在「你」字上加重語氣，克拉斯卻依舊搖頭。

「你不能和魔鬼為伍，」克拉斯握住頰邊約翰的手，「首先，協會以及你的家人都需要你；其次，我希望你繼續在西灣市幫助別人，我真的是這麼希望的……你是我的搭檔，你最了解我們曾一起著手解決的事情，你能順利地把它們做好。只有讓它們繼續下去，才能讓我覺得以前的努力並非毫無意義，才能讓我覺得……我做過令自己自豪的事。約翰，你明白嗎？這也是為了我。」

約翰點點頭，再次覆上克拉斯的嘴唇。他很清楚自己早就想這麼做，卻沒想到會在這種氣氛下實現。克拉斯開始回應他，用力抱緊他，就像一寸也不想和他分開。

「你呢？」嘴唇分開時，約翰問，「你有想去的地方嗎？也許將來我可以偷偷見你……」

「我會回去，」克拉斯沙啞著說，「他們都在找我……對嗎？」

「你不能回去！」約翰按著他的肩，「你不知道他們想怎麼對待你！」

「還能怎麼樣呢，處死我嗎？」

「比那還糟，」約翰說，「你猜協會高層的緊急函裡怎麼說？他們說『考慮到他是一個有合法社會身分的公民，不能輕易進行私下處決』。他們不打算殺你，但是……他們要抓住你，把你關在所謂『安全』的地方。更糟的是……」

直視著那雙眼睛，他有些說不下去，於是他再次把克拉斯擁抱住，「麗薩告訴我，路希恩向協會提交了申請……希望能把你移交給黑月家。我來找你之前，麗薩對我說了很多，她完全可以預見你在黑月家的機構裡會遭遇什麼。」

克拉斯打了個寒顫。他的記憶深處留存著極為類似的畫面。

「他們也許一直不打算殺你，」約翰說，「但他們也不會把你當人類對待。」

麗薩告訴約翰這些時，她的情緒激動得簡直像另一個人。她把克拉斯當成朋友，雖然這位朋友現在令她畏懼。理智告訴她，克拉斯確實是魔鬼，是這世上最危險的東西；可是從情感上，她不希望克拉斯過那種被視為異類的生活。

「而我卻無法做任何事！」這麼說時，她正握著卡蘿琳的手，卡蘿琳被急救人員抬上車，「我不想幫助魔鬼……可是我也不想幫路希恩去找克拉斯。路希恩一直以來都只是把他當成研究對象，現在就更加……他說，黑月家的一切都是為了研究，為了求知，可是這麼一來，我們和奧術祕盟又有什麼區別？」

約翰知道她有多矛盾。他比她更想保護克拉斯，而且不在乎克拉斯是什麼。

克拉斯無力地靠在約翰頸邊，喃喃著：「沒關係。我會讓他們殺了我的……」

「什麼？」約翰身體緊繃著。

「我很危險，他們不會把我關起來太久。我有辦法讓他們選擇直接殺了我。」

「這是什麼意思！你根本不需要這麼想，你重新控制住了自己，並沒有徹底成為魔鬼……」

克拉斯苦笑著，「協會的決定是對的，如果我是旁觀者，我也會贊成這麼做——不輕易剝奪生命，但要進行仔細研究和觀察，限制行動自由……而事情放在我自己身上，我當然不願意永遠作為囚犯和實驗品活下去，所以，等我忍受不了的時候，我會做點什麼，好讓他們不得不處決我。」

這句話讓約翰渾身僵硬。他沒有回答，沉默得像失去了語言能力。

突然，他狠狠拉住克拉斯的頭髮向後拽，克拉斯並不反抗，還沒反應過來發生了什麼。

獠牙刺入克拉斯頸間。血族特有的異能消去了疼痛，讓人渾身無力，在酥麻感中放鬆，幾乎希望獠牙能在自己的身體裡多停留一會。

克拉斯記憶中的畫面再次流入約翰腦海。與之前不同的是，現在克拉斯已經徹底想起來一切，那是對人類——對以人類方式生活的他而言過於龐大的回憶。現在它們更清晰、更連貫，約翰能感知到一切細節，清晰得猶如親歷。

年輕的血族一手托著克拉斯的後頸，一手摟緊他的腰。淚水不由自主地滑落，沾溼克拉斯頸部的皮膚。

抬起頭後，約翰在正加速癒合的細小傷口上補了一個吻。克拉斯還沒有從締約的失神中緩解過來，靠在約翰的手臂上，一動也不動地看著他。

約翰又輕吻了一下克拉斯的唇，然後在他耳邊清晰地說：「不要回去。遠離協會和黑月家，活下去。」

克拉斯的身體抖了一下，他第一次清晰地感覺到締約的效果。

他仍然很想說「我還是應該回去」，可是內心深處有一種更強大的力量攫住了他的意志，主宰他的決定。即使他仍記得自己的判斷，也沒辦法違抗那股力量的命令。

「保護好你自己，不要失控，也不要被找到。」約翰補充說。

克拉斯努力扯出微笑，「我……我不能保證自己不失控，這不是我能決定的。」締約能束縛保有個人意識的克拉斯，但卻無法束縛魔鬼的本能。

「我知道。所以，你得盡全力。」約翰吻他的額頭。

約翰明白了克拉斯曾說過的話：「比起你本人的心情，我更在乎你的安全。」

即使違背克拉斯的意願，約翰也想命令他活下去。

即使克拉斯不得不永遠離開他的視野。即使在他漫長的血族生命之中，可能會再也沒有克拉斯存在。

西灣市辦公區隨著大廈傾頹而被徹底毀壞，連同裡面的所有儀器、藏品和資料。佐爾丹的遺骸被路希恩帶到私人研究室，在其他施法者的幫助下，路希恩已經知道了佐爾丹身上發生的事。

佐爾丹這個人早就死了，可從某種意義上來說，他又沒有死。

當年，身為背叛者、洩密者的佐爾丹被巫師們捉住。他們燒熔了他的眼睛，之後又重塑了新的給他，並在他垂死之際對其進行「抽取」——抹殺他感受情緒的能力，把他活生生地做成血肉魔像。

原本這種東西都該是用死屍製作。死屍做的血肉魔像基本上沒有智力，只服從命令，沒有個人的主觀判斷，也沒有記錄和運用經驗的能力。

而佐爾丹不同，他被活著改造了。他仍擁有曾經的一切知識，記得施法和戰鬥方法，能夠做出基本的判斷，能夠用語言和人交流，知道基本的生活常識。同時，他也會絕對服從奧術祕盟的命令。在服從命令的大前提下，他會自行處理生活中遇到的一切無關事宜。

古書中稱這類東西為「寂靜魔像」。它太少見了，因為製作方法太邪惡，也太難成功。不管是驅魔師們還是黑月家，以前誰都沒見過真正的寂靜魔像。

結合其特徵，協會也終於明白了佐爾丹之前行事古怪的緣由：他被下的命令多半是維護奧術祕盟，或者清剿敵人之類的，甚至包括殺死另一個背叛者戴文妮。

當佐爾丹潛伏在醫院中，遇到伯頓和年老的獵人後，之所以他會說出那些殘酷的話，是因為他根本就沒有感知情感的能力。

真知者之眼讓他看到伯頓是血族，所以他就直接這麼說出來；他察覺出克麗絲托非常痛苦，所以他就直接告訴伯頓。克麗絲托和伯頓對他而言是無關緊要的人，他直白地說出判斷，絲毫感覺不到這麼做的後果。

後來，協會和一些獵人對他當時身處的祕密研究所進行清剿，他逃離後開始暗中尋找機會，按照自身的職責向協會的人發起報復襲擊。他殺死了數位工作人員，卻在面對克拉斯時產生動搖。也許是血脈間的維繫太過牢固，即使已經成為寂靜魔像，他也仍然對克拉斯感到親切。

救治迷誘怪時，他同樣判斷法爾夫婦是「無關緊要的人」。他們需要醫治，而他也能做到，所以他就醫治他們。門科瓦爾家的血族邀請他去吉毗島，所以他就去；遇到墮落者薩特時，薩特說想要慘烈的復仇，所以他就幫薩特施法。他可以動用自身曾經的一切知識、智慧去做這些事，而唯獨沒有是非觀和情感。

再次遇到克拉斯後，他判斷這個人非同尋常，所以也跟著協會的人回到西灣市。他判斷，現在又到了可以履行命令的時候。他襲擊協會的巴士，試圖殺死背叛者戴文妮……他已經不再是真正的佐爾丹了，他不記得自己曾經多麼愛這個女人。

他與克拉斯之間尚有同樣的血脈來維繫，而他與戴文妮的愛情卻沒有任何東西能證明。

戴文妮被銀芯彈擊中，現在還在搶救。她沒有當場死亡，可是子彈打中了內臟，傷勢不容樂觀。她經常處於昏迷狀態，輕輕呼喚著佐爾丹和克拉斯。

她知道那位年輕人不是自己當初生下的孩子，可是她仍然會不自主地呼喚他。

距那天晚上已經過去半個多月。

那天的凌晨，克拉斯因約翰的命令而離開，再也沒有出現過。現在，約翰已經感覺不到克拉斯的位置了。刻印不能感知太過遙遠的距離。

戴文妮脫離了危險，她用書寫的方式把當年發生的事情寫了下來。大家都看了她寫下的東西，並影印原件，發送至協會總部備案。

在讀這份東西前，約翰就已經知道當年發生的事了。只不過他沒有對任何人說。

那天凌晨，太陽升起之前，他直接從克拉斯的記憶裡看到了一切。

據說，在夢境消褪、即將墜入現實前的瞬間，人們會感覺不到自己是誰。

在現實中或夢中，人們都能感覺到清晰的自我，能夠感知自己的輪廓、情緒，而在夢與現實的交界點上不行。

夢中你從高處墜落，半途又藉著風沿裂谷飄遠，穿過雷鳴與焦土，俯瞰從未見過的風景……耳邊突然響起突兀的聲音，你得反應個一兩秒才能想到這是鬧鐘鈴聲，在你確認自己要醒來前，眼睛裡還殘留著剛才的畫面。

就在這二者交替的微小瞬間，人感覺不到自身存在。

姓名、身分、過往的記憶與未來的希冀，一切都是空白。隨著甦醒，意識開始慢慢地變清晰，才能恍然大悟剛才是一個夢。

他就是這樣。

他長久地處於「無法分辨自身」的狀態中。他能感覺到情緒，但不知道如何命名那些情緒，更不知道應對方法。他不知道什麼是語言，不知道自己是什麼，不知道如何移動自己。

這種日子是一片黑暗，他度過了極為漫長的時光——當然，那時他不知道什麼叫「時間」，也無處去學習。

後來他漸漸有了自體意識，他醒了過來，能夠低下頭去看自己的肢體——蒼白發青的手指，修長但過於枯瘦的腿上布滿凸現的血管，這是個不健康到極點的醜陋身體。那時他根本不知道什麼叫「手腳」、什麼叫「男性」、什麼叫「行走」。他什麼都不記得，只能一點點去學習。

他有非常強大的力量。

在被特殊材料封閉的場地內，他能殺死任何撲過來的怪物。穿白風衣的人們說過那些怪物的名字，他不太記得住。

除此外，他經常忍受非常痛苦的實驗。那些人有辦法束縛他，他的力量無法被用來攻擊研究者。也不知道為什麼，那些人只要念出一串字句，他就只能跪下屈服。

很久以後，有人告訴他：「那是你的名字。魔鬼最大的弱點即是真名。強大的魔鬼也許能想辦法稍加抵抗，但你不是完整的魔鬼，你只是魔鬼身上的一個碎片，名字對你而言就是絕對的控制。」

告訴魔鬼這些的人也是白風衣之中的一員。個子很高，一頭黑髮，有一雙溫和的藍眼睛。

這個人還說過：「長久以來，你的靈魂被封閉在禁錮晶體內，深埋地下，我們依照古書找到了你，把你帶到這裡。

「光是靈魂用處不大。只有給你肉體，才能讓你的力量發揮出來，所以我們依照那個魔鬼的模樣塑造了一個血肉魔像，把你的靈魂放進來，這樣才能讓你達到最大可能的同調。」

魔鬼聽不懂這些話是什麼意思。後來他才慢慢明白，人類是由男女結合生下來的，還有些怪物是由感染或卵生誕生，而他不是。他是某些東西身上的碎片，孤獨無依。唯一的價值就是被放入人造的肉體內，像現在這樣活著。

偶爾聽研究員們提及「魔鬼」，他察覺到這是個很邪惡的詞，自己是因身為魔鬼而過著痛苦的日子。他會在疼痛中怒吼，逐漸轉為哀泣，他問為什麼自己得承受這些，他沒有傷害過這裡的任何一個人。

「對，你是無辜的，可是這是我們的工作。」研究員冷漠地回答他。他們不仇恨他，也不欣賞他，他只能面對一張張麻木的面孔，那些人的眼睛只有在發現什麼成果時才會短暫展露光彩。

他的生活沒有改變。他連什麼叫「死亡」都不知道，當然也無法去期盼死亡。因為基本上沒有人和他交流，他的心智成長得很慢。

只有一個人偶爾會和他說說話。她是個很年輕的女士，笑容甜美，她會教他一些詞彙以便表達感受，還會教他日常常識，甚至一兩首小民謠。

魔鬼向她提出過很多問題，「我為什麼會在這裡？這裡之外是什麼樣子？這個『實驗』很難受，能不能不要這樣？為什麼說我是魔鬼，而你們是人類？我為什麼會是魔鬼？」

女士並不能一一回答。有的問題令她尷尬，根本不能去回答。

有一次她無意中說，外面的世界很大，生命還有很多可能性……這麼說的時候，她的眼睛裡閃動著一絲憧憬，像是她也對外面的事物有所期盼。

那位女士讓他漸漸懂得更多，他有了隱約的是非感，以及對未知的嚮往，產生了希望脫離這種命運的念頭。

又過了些日子，女士不再出現了。高個子的黑髮男人說她懷孕了，說這句話時，他的目光很溫柔，和其他研究員們的眼神完全不同。

魔鬼不知道如何計算時間，不知道隔了多久，一天晚上，高個子男人再次出現在他面前。平時的這個時間通常不會有研究員來了。男人的識別證上寫著「德維爾・佐爾丹」，這是魔鬼第一次看清上面的字。當初還是那位女士教會他認字的。

佐爾丹凝視著被困在法陣中的魔鬼，緩緩開口：「你想離開這裡去外面的世界嗎？你想自由嗎？」

他不知道什麼叫「自由」。但是他想離開。

佐爾丹告訴他：「聽著，我和米拉打算逃出去，再也不回來，有人在路上接應我們。我們對付不了那麼多守衛，但是你可以。施法者掌握著你的真名，所以配合法術就能束縛禁錮你，但是現在他們不在。外面的守衛不怎麼擅長巫術，你可以輕鬆打敗他們，就像打敗那些怪物時一樣。」

魔鬼困惑地看著佐爾丹。

佐爾丹打開了囚禁著他的監牢，把用他的真名中作為字母之一的禁錮法陣破壞掉，對他伸出手。

「我給你自由，而你得保護我和米拉。你同意嗎？」

米拉，原來那位女士叫米拉。

魔鬼再見到她的時候，她懷裡抱著一個小小的東西，像是人類，又比人類更小更軟。他們說那叫嬰兒，是米拉和佐爾丹的孩子。

根據佐爾丹提供的路線圖，他們逃出奧術祕盟的基地。魔鬼太想離開這裡了。他想遠離一切痛苦和黑暗，外面的世界有米拉說過的詞彙、唱過的歌謠。

他殺死了很多守衛。那些人比起怪物來不堪一擊。他不太明白為什麼佐爾丹和米拉對付不了「守衛」，明明他們這麼弱小。

他們穿過昏暗的甬道，在廣闊的深山密林中尋找正確的路。

他第一次看到天空、樹木、真正的土地，萬物壯美，目不暇給，他的胸膛劇烈起伏著，終於理解了「自由」這個詞的意思。

他們在密林裡耗了好幾天，魔鬼為佐爾丹和米拉擊敗一切威脅。米拉伸出手摸著他的頭髮說：「謝謝你，孩子。」

明明她懷裡的才是她的孩子……聽到她這樣叫自己，魔鬼覺得眼眶發熱。這種感覺以前也出現過，多半出現在他忍受不住折磨的時候。可是現在他並不覺得痛苦，甚至還挺開心。

有一天，他們還是被找到了。對方對佐爾丹說了一大堆話，魔鬼聽不懂，只能隱約知道不是什麼好事。

起初，施法者用真名控制他，他無法發揮力量；當看到米拉為了保護懷裡的孩子而受傷時，他因憤怒衝破了束縛。

他殺死了大多數追擊者，卻不小心讓其中一個逃脫了。同時，他的身體——由屍體做成的血肉魔像，已經破敗不堪，馬上就會失去行動能力。一旦身體凋朽，他就又會變成以前那個狀態——只是一團靈魂，無法感知，也無法行動。

那些研究員會找到他，把他帶回去，再放進另一個身體裡，繼續折磨他，讓他和怪物戰鬥……他逐漸渾身發軟，再也站不起來。

「米拉……」魔鬼扯著嘶啞的聲音問，「她還好嗎？她沒事嗎？」

佐爾丹踉蹌地走近，跪在他身邊，「她沒有生命危險，只是昏過去了。但我倆的兒子……」佐爾丹哽咽著，沒辦法說下去。那個小小的嬰兒現在已經徹底變得冰冷了。

「他已經死了，」佐爾丹說，「我得離開，之後不一定還能回來。米拉不能失去這麼多，她無法承受。」

他停下來想了想，捧著魔鬼的臉，「我承諾過的自由已經給你了，當作回報，替我保護她吧。」

「什麼？」魔鬼不知道什麼叫死亡，直覺讓他認為這一定很恐怖，「你要離開？去哪裡？」

佐爾丹拿出一把匕首，神色冰冷。

「我還有必須做的事，不能再繼續保護她了。請你再幫我最後一次……反正你的身體也快要不行了。」

「我聽不懂……我到底要怎麼幫你？」

他看到佐爾丹的匕首刺了下來。身體的傷太重，已經到了感覺不到疼痛的地步。

他聽到佐爾丹最後告訴他：「接應我們的人就快來了，他們會給你們好的生活。我得回去拖住那些人，不然連米拉也逃不掉……」

在生物垂死之際，挖出其心臟，施以巫術保存其靈魂；然後找到新的身體，同樣剖開胸膛，讓靈魂進入新的軀體。新軀體的傷痕會癒合，靈魂將與新身體完全彌合，能夠像正常的活物一樣生活、成長。

接著，佐爾丹又切開了兒子的胸膛，讓魔鬼的靈魂進入。他施展的巫術不只這一個，他還封住了這個魔鬼的記憶。魔鬼原本沒這麼好操控，但當其來到新的身體——一個小嬰兒的身體後，脆弱而無助，尚未蘇醒，所以佐爾丹才能施法成功。

他趁嬰兒胸前的傷口徹底癒合前完成法術，這樣一來，將來別人很難檢測出這孩子身上的施法痕跡，因為它們會隨著靈魂與身體同調而被掩蓋。

佐爾丹不知道封住記憶的法術能持續多久。也許短則一兩天，長則數年？只要魔鬼碎片的記憶不覺醒，那孩子就會一直是人類，會成長，將來也會衰老；除非有一天他回想起一切，那時，他的靈魂會凌駕於身體之上，雖保有這個軀殼，但不再是人類。

只是現在，米拉不能再失去孩子。為了讓她有抗爭下去的勇氣，她的兒子必須「活著」。

做完這些，佐爾丹返回去面對追剿他們的人。他天生的「真知者之眼」能夠看透幻術、察覺到巫師們帶來的怪物，所以那些人燒熔了他的眼睛。

佐爾丹被活生生做成「寂靜魔像」，為奧術祕盟奉獻一切；米拉醒來後，在遊騎兵獵人的保護下，帶著倖存下來的「孩子」逃亡到國外，回到外祖父母留下的老屋。

她感謝上蒼。「魔鬼」因保護他們而犧牲，她又失去了佐爾丹，但至少她還有克拉斯。

後來她加入無威脅群體庇護協會，從普通驅魔師到教官，又因工作需要而離開西灣市長居美國……她沒從想過，自己的孩子在二十多年前就已經死了。

聽說克拉斯身上出現魔鬼的特徵時，曾經身為巫師、身為奧術祕盟一員的她立刻就明白了當年可能發生過什麼。根據現有條件，她可以推測出哪些巫術能做到完美的靈魂轉移，她甚至教過克拉斯這個巫術，克拉斯還為救活洞穴蜥人施展過它。

米拉——也就是戴文妮，她知道現在的「克拉斯」是誰。

那個被祕盟挖掘出的試驗品，千百年前遺留下來的魔鬼的碎片。

那個會在她唱起民謠時眼睛發亮的，蒼白乾枯的青年。

一方面是戴文妮的坦白與推測，一方面是曾參與捕殺行動的羅素所提供的細節，協會的人們基本上完整地了解了曾發生的事。

而約翰看到的比他們更多。他以為那該是黑暗與絕望，但卻不是。克拉斯被封固起來的記憶中沒有仇恨，只有深深的不甘與悲傷，還有更多的則是對世界的嚮往，對未知之物難掩的熱情。

驅魔師們說「魔鬼碎片」比完整的魔鬼要好對付得多，如果克拉斯是一個遠古魔鬼，事情會更糟糕。他們推測，應該是有些巫師在剿滅魔鬼的年代裡偷偷收集了一小塊魔鬼的靈魂，封在特殊晶體內，直到近代才被奧術祕盟再次發現，開始對其進行研究。

有人擔心：既然有魔鬼碎片存在，會不會有完整的魔鬼再出現？後來大家覺得這不太可能，如果真的還有魔鬼，世界將比現在要混亂恐怖得多。

約翰現在不太關心這些討論。

他埋首於該做的工作，在臨時辦公地點整理報告和表格，對在協會登記過的生物定期回訪，偶爾出去處理一下翼人族隨便起飛擾亂升空規定的糾紛……

他所做的一切也是克拉斯會去做的，他盡可能讓自己做得像克拉斯一樣好。

卡蘿琳花了好幾個月才徹底痊癒。約翰第一次直觀地感覺到人類是如此脆弱，不久前他還怕她怕得要死呢。在麗薩的指導下，瑪麗安娜現在能夠幫她們做些資料整理、謄寫古書的工作，聽說將來她也打算到協會入職。

清晨太陽升起時，約翰回到郊外的老房子裡。

這裡並不安靜，二樓的客房傳來鼠人們嘰嘰喳喳聊明星八卦的聲音，三樓還關著一個魅魔。是的，就像他第一次見克拉斯時一樣，現在這房子裡又關了個因裘巴斯，也就是男魅魔。附近小鎮的人發現了他，他是個強暴犯，很危險。約翰制服他，並暫時把它困在三樓有防護法陣的房間裡。這魅魔是個跨國犯罪者，負責追捕他的是協會的賽普勒斯辦公區。現在約翰正等著那些人來把他帶走。

陰沉的天空和昏暗的室內，樓上還有深淵惡魔的嘶吼……恍惚間，約翰覺得自己回到了第一次見到克拉斯的時候。

起初，約翰想離開這裡，他不想住在克拉斯的房子裡。後來他打消了搬走的念頭，因為這裡不僅僅是一幢房子而已。

很多需要幫助的生物會在這裡暫時借住，想要離開國境、等著辦手續的黑暗生物們在這裡等待證件，還有些迷茫的傢伙會打電話來詢問各種事宜。

「在你是人類或血族之前，你首先是協會的工作人員。」克拉斯這樣對他說過。所以約翰留了下來。他要繼續以往的生活和工作，就像克拉斯從沒離開一樣。

其實他還有個隱祕的期盼：自己是血族，生命漫長，也許有一天一切會平息，克拉斯再也不需要躲藏和遠離，那時他會回到這裡，而這裡沒有一絲變化。

幾分鐘後，賽普勒斯辦公區的工作人員趕到，用「檻車」帶走了男魅魔。

約翰和他們握手互相感謝，目送他們開車離開。

一切恍如昨日。

站在晨曦下門前的陰影裡，他無法不去想念克拉斯。

他的搭檔、導師、摯友，他確信自己深愛著的人。

Unthreatening Creature
Protection Association

Chapter 21

沙盤

▼
▼
▼

霓虹和路燈都被大雨模糊了，樹枝不停敲打路邊的窗戶。地面積水已經淹過了腳背，雨勢仍毫不減弱。

女孩緊緊抱著提包，狼狽地從小巷鑽出來穿過十字路口。她全身溼透，金髮全都貼在臉上，睫毛不停顫動著，大眼睛裡寫滿了恐懼。

雨幕背後，黑暗的影子在追逐她。

他們動作敏捷，力量強大得不似人類，無論她躲到哪裡、向何處逃跑，那些人總是能找到她。她已經掉了一隻鞋子，即使被地上的雜物割破腳掌，她也不肯停下。橫飛的狂風和雨水一起推撞著她，她緊縮雙肩，一邊奔跑一邊抽泣。

不知不覺，她跑到一幢漆黑的建築物前。這是一座好幾年都沒完工的大廈，外面罩著施工防水布，入口處攔著警示帶。她悄悄側身進去，整座建築內只有她一個人的腳步聲。

她把懷裡的提包放進一堆施工廢料裡，「今晚我必須擺脫他們，」她抹了一把臉，對提包說，「你先在這裡等我回來，我不會丟下你一個人的……」

提包發出一聲哀嚎，「放了我！妳這是綁架！」

「你還在生氣？我都已經道歉了，到底要怎麼做你才能明白，我是真的想和你在一起！」

「管妳真的假的！這就是綁架！」

「是私奔，親愛的，」她雙手撐在提包兩邊，飛快地吻了一下提包，「誰叫我們是不同的東西呢，全世界都不允許你和我在一起。別怕，我一定會保護你……」

她把提包遮擋起來，站起來剛要轉身，一道閃電照亮空蕩蕩的室內，兩條黑影投在她身邊。

女孩尖叫一聲，差點被腳下的板材絆倒。髮絲上的水滴從下巴滑下來，顫抖著落下，她緊咬嘴唇，轉過身面對她的敵人。又是一道閃電，逆光中，兩個追擊者和女孩的眼瞳都變成了紅色。他們在一瞬間就衝到她面前，她則像閃爍的影子般閃避。

被埋在廢料裡的提包發出一聲又一聲的嚎叫。最終，隨著一聲痛呼，女孩被其中一人壓制住，面朝下按在地板上。對方毫不憐惜地跨坐在她的後腰上，雙腳踩著她的前臂，有力的手從後扼住她的脖頸。另一人則從施工廢料裡挖出了提包，拉開拉鍊。

「哦天哪你們是來救我的嗎快帶我離開我受夠這個瘋子了！」裡面的東西涕淚橫流地說。

捧起提包的年輕人嚇得一把將它扔回地上。

「你弄痛他了！」女孩憤怒地掙扎。壓制著她的男人掏出一支筆，在她眼前晃了晃，「我不想用這個，請妳配合一點。」說完，他看向正手忙腳亂的同伴，「卡爾，小心點，包包裡的弗蘭克先生會被你摔傷。」

名叫卡爾的青年點點頭。他的紅眼睛漸漸轉為黑色，唇邊的獠牙也縮了回去。他是個血族，顯然在場的另外兩人也是。

另一人把女孩銬起來，推給卡爾，自己接過提袋，對裡面的弗蘭克打開證件，「您好，弗蘭克先生，我們來自無威脅群體庇護協會。我是約翰・洛克蘭迪。」

約翰身穿便於行動的休閒裝，戴著絕緣手套。剛才用來嚇唬血族女孩的是一支銀筆。

「太好了！」弗蘭克在提包裡蠕動著，「幫我解開藍色髮帶好嗎？它是個魔法鎖，把我綁住了。」

約翰解開發帶，一顆頭顱掙脫了提包和地心引力，緩緩飄了起來。弗蘭克先生很年輕，相當英俊，金髮捲曲飄在腦後，看上去是那種只有在古典油畫裡才能見到的、唇紅齒白的美少年。即使有令人動容的美貌，弗蘭克先生仍然有些嚇人……因為他是一個頭。

或者說，他渾身上下只有頭。

卡爾用餘光看著他，一臉馬上就要當場昏倒的表情。

協會西灣市辦公區的新地址在一座修車廠背後，是一幢三層樓的獨棟建築，遠離了市區。約翰和卡爾驅車回來時已是清晨，他們把綁架犯關在隔離室，致電給弗蘭克的家人通知救出了他。

幾分鐘後，弗蘭克的哥哥利特來了。利特同樣非常英俊，長得有點像普朗克[2]年輕的時候。他有身體，只是肢體動作有點僵硬。

2 馬克思・普朗克（Max Planck），德國物理學家，量子力學的創始人。

兄弟倆乘車離去後，卡爾捧著一包血液，心有餘悸地問：「他們真的是天生就那樣？」

「當然，」約翰說，「他們是浮首人，行動前你不是已經知道了嗎？」

「我第一次見到活生生的浮首人，」卡爾縮著肩，「就算以前在圖鑑上看過，親眼見到還是很震撼……」

約翰笑著點點頭，「你比我當年好多了，起碼還有個心理準備。我第一次看到他們時，還從沒接觸過『浮首人』這個概念，當時可嚇死我了……」

浮首人並不是屍體的頭，也不是別的生物的一部分，他們長得就像一顆人頭，和人類一樣有男女兩種性別。根據記載，是亞洲國家先發現浮首人的，當然大家都以為他們是會飛的死人頭顱，而不知道這是一種獨立存在的生物。

「頭顱」即是他們的全部身體，他們沒有四肢和軀幹，靠操縱身周近距離的空氣流動來持握物品。那位兄長利特的身體是個機關人偶，他靠小魔法操縱它，以便偽裝成人類，而被女血族綁架的弗蘭克則就只有頭本身了。

浮首人的一大特點就是無論男女都非常美麗，他們所偽裝的人常常比真正的人類還要迷人。剛剛約翰和卡爾所阻止的就是一起針對美貌浮首族的綁架案。有不少黑暗生物流行綁架浮首人，給他們戴上限制魔法的髮帶，將他們私藏起來梳妝打扮，當作玩物。這次的綁架犯是個血族少女，她在酒吧裡和弗蘭克認識後就下藥迷昏了他，進行綁架囚禁，並宣稱自己是出於真正的愛。

沒受過教育的野生血族常做出蠢事。比如這位女綁匪的行為，再比如有些傢伙還喜歡和人類進行群體吸血性交派對，最終被忍無可忍的膠質人鄰居報案……約翰不只一次覺得自己很幸運，父母教過他如何處世，克拉斯則教過他如何面對超自然事件。

從克拉斯離開西灣市的那一夜算起，時間已經過去了三年。

現在約翰是西灣市辦公區最活躍的人。他需要的休息時間很少，體力優秀，雖然不太擅長施法，但能夠辨識和判斷常見的魔法效果。卡爾是他帶的實習生，和他一樣是野生血族，是半個月前被卡蘿琳和麗薩從狼人暴徒手裡救下來的。

卡蘿琳說卡爾很像從前的約翰，甚至比約翰更膽小。明明自己是個吸血鬼，卻會在看到其他怪物時大呼小叫，和活化骷髏面對面都能被嚇得語無倫次。約翰現在已經不會再這樣了，不過他很能理解卡爾。

上午血族們去休息，下午約翰又出現在辦公區培訓區域。有五個實習生正要進行筆試——協會總是需要新人，新人永遠不夠用。

監考的是約翰和史密斯，為此史密斯專程從附近的小鎮趕回來。前些年，傑爾教官頭疼地發現有些考生竟然在培訓考核時作弊。人類考生通常比較守規矩，最喜歡耍心機的是人間種惡魔或者血族，於是協會叫來血族和變形怪監考。約翰的眼睛能夠發現考生們的小動作，而史密斯能直接輪流對他們讀心，看誰在動歪腦筋。

史密斯現在仍然是上一個造型——三十歲出頭的成熟女性，髮色換成了金髮。這三年裡，他又結了兩次婚，一次是和他的變形怪同類（對方是雌性變形怪，使用男性人類軀殼；史密斯是雄性變形怪，卻使用女性人類軀殼），另一次是和普通人類。現在他又離婚了，新女朋友是個狐獸化人。

有好幾次，史密斯想叫約翰一起去喝酒，約翰總是推辭，他說自己攝入再多酒精也醉不了，那有什麼意思呢？實際上，他害怕和史密斯相處，特別是在非工作時——如果沒有工作填滿頭腦，心中關於克拉斯的想法一定會被史密斯讀到。

史密斯擅長讀心，卻不擅長隱藏表情。他的臉上總是直接掛著擔憂、惋惜、同情，他會試著安慰約翰。約翰很怕這個，他不想和任何人談克拉斯，甚至不想回顧以前一起經手的案子。

一場考試還沒結束，卡爾撞開房門，連滾帶爬地跑進來，「洛克蘭迪先生！完了！不好了！」

約翰不得不偏開目光。他身邊的考生趁機向身後遞了個紙團。

「怎麼了？」約翰拍拍卡爾的肩，「你這個月第五次摔進門裡還喊著『完了，不好了』，這次又是什麼不好了？」

卡爾一副世界末日的表情，「卡蘿琳遇到危險了。」

「她又砍了魅影蟲嗎？」

「不是，她好像需要幫助，」卡爾真的急得手足無措，「三天前她和麗茨貝絲小姐出外勤，原定今天該回來了。可是她們沒有回來，通訊工具也聯繫不上，就在剛剛傑爾教官收到一個羽符，是麗茨貝絲發來的，羽符上的字不完整，是個座標。」

史密斯和約翰對視一眼（這時考生們又完成了一次傳紙條）。

「考試馬上就要結束了，」約翰壓低聲音，「我們很快就去會議室，你先出去吧。」

「卡蘿琳肯定有危險了，」離開前，卡爾愁容滿面且篤定地說，「否則她不會不回覆我的簡訊。以往她不論多忙都會回一兩句話，比如『滾』或者『該死的你有沒有完』，或者『去見你的鬼』……」

他離開後，史密斯小聲對約翰說：「管管你的實習生，他對卡蘿琳有著不切實際的幻想……」

「我知道，」約翰說，「當初是卡蘿琳救了他，他好像有點依戀她。我跟卡爾講過伯頓先生和女獵人的故事，想告誡他。天知道他聽懂了沒有。」

「你想得太遠了，」史密斯說，「比起什麼『血族愛上人類女孩的悲劇』，更眼前的危機是別讓這傻小子惹急了卡蘿琳，這可攸關他的人身安全。」

這次並非卡爾小題大做。麗薩和卡蘿琳的失蹤確實有些蹊蹺。

三天前，西灣市辦公區收到遊騎兵獵人的求援，希望能借調一位驅魔師參與調查。遊騎兵獵人們原本在追捕未知的黑暗生物，追蹤過程中，他們在某片牧區外的科技開發區發現了一片廢棄公司廠房。

廠區並不大，根據遊騎兵獵人當初的報告，這塊廠區似乎是個怪物基地，他們確信有構裝體或活化石像鬼在這裡出沒。其內部似乎有什麼法術在運作，獵人們不敢輕易進去，所以才向距離最近的西灣市辦公區求援。

麗薩和卡蘿琳趕去幫忙，第一天剛到達時她們彙報說曾有獵人在這塊廠區失蹤，她們打算繼續調查。之後就音訊全無了。

「可是，麗薩發來的座標並不在那片廠區，」約翰指指電腦螢幕，上面是羽符的照片，「這地方不是在西灣市市區嗎？雖然羽符上的字不太完整……似乎是被干擾了，不過看起來確實就是在西灣市市區。」

「符合座標的地方是佩倫街的塔形辦公大樓，」傑爾教官展開平板電腦上的衛星地圖，「整棟樓屬於一家通訊公司。不過，通訊公司搬進來以前，這棟樓屬於英格力醫藥公司。這很奇妙。」

「為什麼奇妙？」約翰問。

「啊，英格力公司，」史密斯挑挑眉，「他們的技術員之中有魔法研究者，還曾把一些古魔法運用在研究醫療器械和成人用品的產線上。這件事在驅魔師之間引起過很大的討論。有的人認為是好事，也有人認為讓一般人接觸含法術效果的物品會有安全隱患。十幾年前我接觸過他們。」

「他們是類似……奧術祕盟的傢伙嗎？」

「不不不，」史密斯在電腦上敲了幾下，打開此公司相關的新聞給約翰看，「他們沒那麼可怕。英格力公司單純是因為經營不善而逐步衰落，解散了好幾條產線，靠賣專利強撐了一陣子，最後還是宣告破產。他們祕密研究的魔法醫療器械是小量生產、提供給極少數有錢人的，都是些輔助器械，並不危險。當然，這是以前人們對英格力的看法，如果這棟大廈現在出問題了，也許說明以前我們對他們了解得還不夠。」

「就不可能是現在的通訊公司有問題嗎？」約翰問。

「什麼問題？讓幽靈順著無線訊號偷聽收集隱私？」

卡爾打斷他們的討論，「洛克蘭迪先生，今晚我們去佩倫街看看吧！」

「不，我和洛山達去，」約翰說，「你留下來寫報告。」

「我必須去！這和卡蘿琳有關……」

「聽著，卡爾，我本身不是擅長施法的類型，史密斯是驅魔師，但他今晚要和變形怪街區首領談判，他也去不了。我必須和一個施法能力過得去的人搭檔前往，和洛山達去比較合適。」

「那你就和洛山達去也行，」卡爾想了想，捏著手祈求地看著他，「讓我跟著你們。」

最終卡爾還是跟去了。夜裡十點半以後，約翰、卡爾和人間種惡魔洛山達在佩倫街西端的家庭餐廳門口會合，一起走向座標所在的辦公大樓。

洛山達還是像以前一樣，偏愛鉚釘機車夾克和帶有尖刺的皮革飾品。家庭餐廳剛下班的服務生小心翼翼地繞過這三個男人，生怕惹上麻煩。

「我們有這麼可怕嗎？」卡爾抱怨著，「一定是洛山達太顯眼了。」

洛山達捏捏自己的唇環，「我打扮得並不算太誇張，難道你期望惡魔穿得像教會唱詩班的處子嗎？」

「走吧，我們本來就很可怕。」約翰稍快幾步，對他們招手，「一個惡魔和兩個血族，還不夠可怕嗎……」

約翰霧化，洛山達靠施法，卡爾則是化形成老鼠鑽進大廈的通風口。他不能霧化，只能變小老鼠，起初協會的人都很感嘆為什麼是老鼠而不是傳統的蝙蝠。

夜間的通訊公司辦公大樓沒什麼異常之處。洛山達拿出一個槲寄生探測器，有點像Y字型尋水樹枝，能探測出哪個方向有魔法正在運作。

「看來我們得向下走，」洛山達說，「果然，見不得人的祕密通常都藏在地下室。」

根據樹枝的指示，三人從樓梯間逐層向下。他們都可以直接在黑暗中視物，用不著照明，十分方便。大廈地下有很多樓層，在樓梯間看起來至少有四樓。地下一樓是幾間餐廳，地下二樓是機房，再向下是車庫……

「我想不到還有什麼比車庫還靠下？」站在樓梯邊，卡爾向下望去，從這裡開始至少還有五樓。

「也許是……更多車庫？」洛山達拿著樹枝繼續向下。

約翰知道這不正常。地下車庫不等於立體停車場，八九樓的地下室也太誇張了，什麼樓房會這樣設計？

手機訊號消失了。過於深邃的地下室讓約翰想起那篇叫《地獄直梯》的小說，電梯從大廈高層一直深入地獄……想到這裡，他猛然發覺了一件從剛才起就被忽略的事……於是他從地下六樓的樓梯間走出去，電梯間不在原本的位置，取而代之的是落滿塵土的空地。電梯井的最下層不可能落於空心地板上，這地方不對勁。

約翰和兩位同伴打了聲招呼，回到上一層樓查看，卻發現上面並不是通訊公司大廈，而是夜間的廢棄空廠房。

大廈地下室連接了兩個地方。一個是西灣市內的辦公大樓，另一個是郊外的舊廠房——麗薩和卡蘿琳出外勤消失的地方。

想聯絡洛山達時，對講機也失靈了。約翰折返回去，洛山達和卡爾不在原地。

他戴上絕緣手套，馬克筆形的握柄裡彈出銀色馬刀，在機房和車庫裡搜尋了一遍，重新走進不屬於辦公樓的地下四樓、五樓……這裡屬於郊外的廠房，樓梯上有雜亂的腳印，以前有人來過，而且人數不少。地下六樓的樓梯轉角扔著幾張糖果包裝紙，非常眼熟，卡蘿琳常常帶著這種糖。

地下七樓似乎是最後一層，到這裡就沒有能再向下的樓梯了，門邊有一張破舊的指示牌，寫的是「001 號實驗池」。

「池？」約翰皺皺眉，小心地推開門。

開門的瞬間，面前溢出一片白光。約翰下意識緊閉雙眼，用手臂遮住臉。

光芒不到一秒就消失了，雖然很刺目，卻好像不帶一點溫度。約翰小心地睜開眼，發現自己站在一條鄉野小路旁。現在正是深夜，圓月高掛頭頂，放眼望去是一片平原，視線可及範圍內沒有半幢建築。

他第一個反應是拿出手機看看衛星定位。現在手機根本沒有訊號，連不上網路，計時功能和指南針軟體倒是還能用。

他轉過身，背後是一間泥坯和木料堆成的房子，有點像愛爾蘭牧羊人的窩棚。窩棚沒有門，約翰能直接看到裡面，從位置看，他剛才應該就是從這裡走出來的。

約翰很慶幸自己是血族，而不是人類，他行走的速度夠快，而且不需要照明。他向地勢起伏較小的地方行進，沒多久就發現了點點燈火。遠處似乎有座村莊，規模很小，火光像是廣場上的火把而不是燈光。更奇特的是，這個聚落附近沒有電塔。難道現在還有居民過著不用電力的生活？

約翰從植物的陰影裡靠近，想先確定是否有危險。村子裡安安靜靜的，房屋破舊，廄房裡沒有任何牲畜。他悄悄閃進一間屋子，有種置身奇幻角色扮演遊戲的錯覺，因為這裡看上去根本就不是當代社會。屋子內部呈現著中世紀的農獵風格，牆上掛著乾肉和獸角，冷掉的爐子上架著一口粗糙的厚鍋。室內沒有任何紙製品。看來屋主多半不會閱讀甚至不識字。

當約翰正在忙著拍照時，灌木吱呀作響的聲音從木窗縫隙傳進來，像是有人在移動。約翰霧化身體，從窗縫追了出去。他遠遠看到一個穿著防風外套、戴著兜帽的背影，沿著一排民房走向點著火把的廣場。

那人穿的確實是防風外套，是現代物品。約翰藏在一片陰影裡，發現廣場上有個小野營帳篷，穿防風外套的人鑽了進去。帳篷上印著家徽一樣的標誌：一大一小兩隻手共同握著蛇杖。下面的弧形文字令約翰暗暗吃驚，寫著英格力醫藥。

約翰飄到帳篷外，清晰地聽到裡面有一男一女在對話。

「缺口越來越多了，我真怕會被警察發現。」男人說。

女人反問他：「發現又能怎麼樣呢？難道警察能照實往上彙報嗎？那他一定會被停職勒令去看心理醫生。」她說話時有點拉丁美洲的口音。

「已經有遊騎兵獵人發現了，而且是無意中發現的，隨時可能會有徒步旅行者或者警察闖進來。我們得抓緊時間，這件事已經拖了快一年了。」

約翰很好奇到底是什麼事「拖了快一年」，他無聲地繼續聆聽。

「老闆的爛攤子真難收拾，」女性說，「這個世界太真實了，雖然它已經塌縮得越來越小，但還是很廣闊，我們的人手根本不夠。」

「現在人手變多了，」男人說，「有遊騎兵獵人進來了，他們可能是在野外發現了怪物，所以找到了缺口的入口。這樣也不錯，他們肯定會殺死能見到的一切怪物，這對我們有利，省了我們的力氣。」

看來，廢棄工廠附近有怪物遊蕩是真的，怪物來自工廠也是真的。只不過是來自工廠裡的另一個空間……而且這空間還有兩個出口。

男人接著說：「除了死掉的東西，還跑出去不少……舊廠區那邊還好辦，那一帶的野外有遊騎兵獵人。西灣市出口那邊怎麼辦？它可是正好在市中心。」

「至今都沒出什麼事，會有人搞定的。你看，無威脅群體庇護協會在西灣市有辦公區，他們有不少驅魔師。」

聽他們提到協會令約翰有些意外。看起來他們知道關於這個空間的所有事，也知道事情可能會如何發展。約翰有點想乾脆現身進去問話。就在他想要恢復形體時，帳篷裡的男人說：「幾點了？它們還會出現嗎？」

女人似乎翻了翻什麼東西，「過午夜了。每個月圓之夜的午夜，那群巨蝠人都會來村子洗劫，今天應該也會來。因為當初就是這麼設計的。除非它們全部找到出口跑了出去，或者都死光了。」

「但願它們死光了。」男人似乎在替槍上彈匣。

他們在說什麼？巨蝠人？約翰在腦海中搜索，他從未聽過這個種族，別說案例和外形了，連這個詞都沒聽說過。還有，那兩人說今天是月圓，但今天根本就不是。這裡的時間和外面似乎不一致。

約翰又看了一眼月亮。這裡的月亮很大，像長焦鏡頭拍攝出來的一樣。白色的月亮邊緣出現兩個逆光的黑點，接著又變成三個，越來越大……

那不是黑點，而是一群飛翔的生物！

約翰和帳篷拉開一點距離，恢復形體，看向天空。正盤旋逼近的是一種起碼高八英尺以上的生物，通體黑色，有著寬闊的蝠翼和帶有尖爪的雙腳。它們的臉長得像夜梟，眼睛飛快地轉來轉去，像是在尋找獵物。

看來這就是所謂的巨蝠人。約翰對著帳篷大喊起來：「巨蝠人！巨蝠人出現了！」

「你他媽的是誰啊！」男人抱著槍跑出來。他是個大約三十多歲的黑人，一臉震驚，畢竟他們剛才沒發現有人在這麼近的地方。

「先別管我是誰，」約翰再次打開銀刃，「你們的警戒意識也太差了！現在才發現我……不說這個，巨蝠人出現了！」

說話時，怪物們已經盤旋在他們頭頂。其中一頭發出號令般的尖銳聲音後，它們便開始從不同方向朝地面俯衝。

從帳篷出來的男女拉開保險並開槍的幾秒內，約翰已經砍掉了最近一隻的頭，並迎擊斜掠而來的下一隻。兩個人類看得目瞪口呆，他們只能看到約翰土黃色的衣服在銀光照耀中留下殘影，根本看不清他的動作。

「你是什麼東西啊?!」男人再次大叫起來。

「先別管我是什麼！你們倒是開槍啊！」約翰邊絆倒怪物邊回答。

他們一共幹掉了五隻，剩下的不敢再靠近，一邊嘶叫一邊調頭逃走，飛出槍支的射程外。

「這下能說說你是誰了嗎?」男人和約翰保持著距離，「我猜……你是遊騎兵獵人?」

女人則用槍對著約翰，「不，我覺得他不是人類，那不是人類能有的動作。」她是個蜜色皮膚的拉丁裔女孩，剛才約翰看到的那個穿防風外套的人就是她。

「妳看他拿的武器，」男人指指約翰的銀色馬刀，「肯定是獵人和驅魔師的武器。」

「可是他戴著手套！」拉丁女孩的觀察力倒是很敏銳。她知道，如果持有者不能碰神聖屬性武器，才會戴上絕緣手套。

約翰收起馬刀，指指左衣領上的小徽章，「我是無威脅群體庇護協會的人，西灣市辦公區的調解員兼獵人。」

「你是什麼？」女孩問。

「吸血鬼，可以叫我約翰。」

「『約翰』這個假名真是俗透了。」

「可我真的叫約翰啊！」

「我是馬克，」黑人壓低女孩的槍管，「你是進來追捕怪物的？」

女孩想分辯什麼，馬克小聲地說：「他不是這個世界的生物，看衣服和說話的口氣就知道了。」

約翰回答：「我是來尋找同事的，她們和幾個遊騎兵獵人在廢棄工廠失蹤了……你們知道這地方的外面是座廢棄工廠吧？」

女孩點點頭，「是的，那邊是最初的研究池入口。我們也是從那裡進來的。對了，你可以叫我阿麗特。」

「你們見過可能是我同事的人嗎？」

「之前只見過一個人，」阿麗特說，「在南邊不遠處的峽谷一帶看到的。他沒帶什麼行李，像是無意間迷路進來的普通平民。」

那肯定不是卡爾或洛山達。約翰問：「你們見過兩個女孩嗎？一個黑髮一個金髮，她們也拿著我手裡的這種武器。」

馬克和阿麗特搖頭。他們說，從西灣市內的大廈或郊外廠區都能進入這個空間，如果你和你的同伴依次走進來，可能會出現在不同的地點。回去的出口也散落在各處，和進來的地點完全不重合。這有點像惡魔西多夫的黑霧旅店。

約翰又問：「你們方便說明一下這地方究竟是怎麼回事嗎？還有巨蝙人……到底是什麼東西？」

「說來話長，」馬克聳聳肩，「簡短點說，你可以理解成這裡是個……巨大的實景沙盤。」

「沙盤？」

「對，就是建案接待中心那種，有土地、樹木、小房子什麼的。」

「能把比較長的版本告訴我嗎？我不怕長。」

馬克剛要開口，阿麗特驚叫一聲，用力扯他的手臂。

約翰背對著月光，當他回過頭，發現逆光中出現成群結隊的黑色生物，先是十幾隻，接著濃雲中出現更多，像蝗蟲一樣幾乎遮住巨大的月亮。

「這玩意是蟑螂嗎！如果看到一隻，在看不見的地方就有十隻？」約翰震驚地看著這一幕。

「不可能！」阿麗特大叫，「根據以前的設計，巨蝠人應該只有十隻左右！」

「就是說……看不到的地方還有一百隻？」

「我沒這麼說！該死！看起來真的有一百隻啊！」

她和馬克對著天空開了幾槍，也不知道打中了沒有。就算約翰身手迅捷，也沒辦法在保護人類的同時對付這麼多怪物。他飛快地作出判斷，和兩個人類跑向村外有樹林的一側。

在昏暗的光線下，人類也許看不清，但約翰能隱約看到遠處的地面上有些東西，似乎是細線。

回頭確認與怪物的距離時，他發現周圍房屋的牆垛下也有這種線條。是銀筆畫成的，有些線條上還有規律地壓著石頭。

施法痕跡？他來不及多觀察，揮刀砍落欺近人類的一隻怪物後，從腰間拔出一把信號槍。這是能發射出魔法力場障壁的槍，和櫃檯的艾麗卡用過的那把一樣。他們沒法從鋪天蓋地的巨蝠人中逃開，約翰打算先用力場球撐一陣子，爭取時間想想辦法。

他抓住兩個人類，貼緊他們，三人撲進樹林的灌木叢。在準備打開力場壁障時，約翰用餘光看到腳邊同樣有剛才見過的那種銀色線條，自己正好在其範圍外。

四周土地發出一聲巨響，像是沉重的鍘刀從空氣中切割土地一般。

銀色法術符文距離約翰的腳尖只有幾英寸。在它的範圍內部，每寸土地都向上空爆發出豎直噴泉水柱般的光芒，幾乎占滿整座村莊。大多數追擊而來的巨蝠人都被這種光芒籠罩，只有極少數逃脫，嚇得幾乎不能動。大地變成一面寬闊的神聖魔法針板，符文範圍內的怪物被一隻隻刺落，在光芒中掙扎。

約翰嚇得迅速把腳併攏，他的腿差一點點就在符文範圍內了。進村子時他沒有仔細看，現在回想起來，這地方早就被畫好了某種神聖魔法陣，施法者應該已經做好了一切準備，只等最後的觸發。

光芒持續了大約三十幾秒，絕大多數的巨蝠人都被擊落。馬克和阿麗特也朝漏網之魚射擊，約翰站起來攔截住附近跑到法陣範圍外的一隻。觀察巨蝠人的屍體時，他聽到阿麗特對著樹叢說：「你？這個法術是你做的嗎？」

約翰本以為是麗薩和卡蘿琳也在附近。他轉過身，看到樹叢裡走出來一個人。來者顯然不是麗薩，他是個男性，馬克和阿麗特說曾在南邊峽谷一帶見過他，之後一轉眼他就不見了。

他從樹叢裡走出來，儘管有婆娑的影子落在身上，但月光還是將他的身形描繪得十分清晰——至少對約翰的血族視力而言。

約翰幾乎不能動。他怎麼也沒想到會見到他，而自己竟然毫無知覺，沒有出現任何感應。

「克拉斯？」約翰向前走了幾步，腳步有點虛浮。他的聲音很小，隔著十幾英尺，也不知道對方能不能聽見。

德維爾．克拉斯兩手空空，就像在城市裡隨意散步一樣。他穿著休閒西裝和黑色牛仔褲，襯衫的尺碼有點大，微捲的黑髮被枝杈撥弄得有些凌亂。

他和三年前相比沒有任何變化，依舊笑容柔和，文質彬彬。

「約翰。」他輕聲回應。

「一開始只有十隻左右，現在它們繁殖了。因為這個世界的生物能學習，甚至設計者還讓它們擁有生殖能力。」

克拉斯用一根樹枝撥弄了幾下巨蝠人的翅膀，繼續說：「我聽說『巨蝠人』被設計成最常見的敵人，所以各項設定也最完善。就是因為太完善了，它們甚至能自行繁衍，狩獵能力也不斷進步。」

馬克和阿麗特對視一眼，「請問你是哪位？遊騎兵獵人嗎？」阿麗特問。

克拉斯剛要回答，約翰搶先說：「是我的同事。」

「哦，就是你要找的人？」

「不，我要找的是兩個女孩，這位是另一個部門的。」

「我是克拉斯．德夫林。」克拉斯這樣介紹自己，並和剛見面的人握手，「找個適合談話的地方吧。顯然我們都有關於這空間的資訊需要交流。」

他們回到村子裡，找了一間看起來像酒館的空屋。路上，約翰走在克拉斯身後，不停盯著他，生怕這是自己的幻覺。

約翰想像過和克拉斯重逢的畫面，要嘛像間諜片一樣神祕兮兮，要嘛像浪漫愛情片一樣在飛滿白鴿的廣場來個深情相擁……他沒想過會這麼隨便地遇到克拉斯，而且打過招呼後的第一句話就是談眼前的案子。

他想靠近過去，再靠得近一點。他想抱住克拉斯，問他這三年去了哪裡、經歷過些什麼，如果可以的話還想再試著吻他，他應該不會拒絕……可是現在的氣氛完全不適合幹這些，約翰稍稍有點沮喪。

「這裡是個大型『沙盤空間』，對嗎？」在有點低矮的室內，克拉斯坐在剖開的圓木製成的凳子上。

阿麗特和馬克很吃驚，他們本以為外人不知道這個說法。英格力公司以前開發過一種引導人的感官進入幻境遊玩的儀器，類似催眠效果，能夠讓人在虛擬的情境中體驗夢幻般的經歷。它並不是那種虛擬實境3D眼鏡和幾塊電極的小把戲，它建立在古魔法的基礎上，能暫時把人的靈魂投入「沙盤空間」。

在古魔法典籍中，這叫做「移魂之鎖」。後來，這種魔法又被稱為「沙盤空間」，名字是從沙盤療法[3]演化而來的。

「沙盤空間」有兩種模式。一種被稱為擬像沙盤，它只允許意識進入，內部預設好的東西不能改變。在法術作用期間，連施法者本人都無法修改之前設定好的東西，除非

3 沙盤療法與箱庭療法意思相同。其實「箱庭」的概念比「沙盤」更像這個空間的感覺，但是「箱庭」這個詞本身是日文而來（中文就是庭院山水盆景），氣氛上稍微比較不適合。

將法術中斷。

另一種則更大、更真實，它被稱為實體沙盤，有種微型世界的感覺。人可以通過裂縫進去，可以試著從內部影響它、改變它，甚至可以留在那裡生活。

實體沙盤的缺點也很明顯：它需要一塊面積足夠的空地，把空地當成培養池。沙盤空間並不是完全的虛擬產物，它算是半真實的場域，相當於在空地上「養殖」出裂縫另一側的空間，培養池的大小會影響沙盤空間的大小與真實性。在法術存續期間，作為培養池的現實景觀消失了，取而代之的是設計好的沙盤空間。它就像隱形的立體化交通一樣，遮蔽、取代了真實世界的一角。

聽著三人的討論，約翰想起通訊公司大廈的地下室和郊外廠區融為一體的事。顯然這塊空間的施法者還玩了點小手段，他把兩個地點做了連接，把培養池擴得更大。

「一開始，設計者只做擬像沙盤，」看到新同伴這麼專業，阿麗特也不再有所保留，「就是只有意識能進入、參與者無法改變設計項目的那種。但是，擬像沙盤內部的時間流速和真實世界差別過大，會導致受術者精神失常。」

「妳是研發者之一嗎？」克拉斯問。

阿麗特摸摸鼻子，「嗯……是的。我只參與過構築細節。」

「擬像沙盤會讓人精神失常，於是又有人轉而研究實體沙盤？」

「是啊，擬像沙盤能讓人在十幾分鐘內體驗完一輩子的時光，會造成大腦資訊超載。我們在實驗中發現，光是一天使用一次，就足夠讓人出現感知混亂。後來我們的小組負責人改為研究實體沙盤，實體沙盤內和真實世界的時間也不一樣，但差別較小，安全得多。而且體驗者能用自己的行為影響這個世界，想結束時也可以主動找到裂縫離開。」

「體驗？有人專門體驗這個？」約翰忍不住問。

「當然，」女孩解釋，「沙盤空間是很厲害的古魔法，要配合一大堆的法器和材料……現在有些靠科技產品和化學製劑能代替，總之還是挺麻煩的。其實我不會施法，但我學過一些原理。就是因為它施展起來太麻煩了，放到當代社會幾乎沒什麼用處。

「想把你的敵人關進來？不，一個空空如也的簡陋沙盤空間會立刻被人看穿，無法發揮囚禁和矇騙的作用；而為此設計出細緻、世界觀完整的空間？也太麻煩了，還不如用槍或者即死巫術對付敵人呢。

「於是，現在這個魔法淪為了娛樂用具。想想看，可以進入滿街都是兔女郎的樂園，或者來一段中土世界護戒隊[4]大冒險，多過癮。」

「怪不得英格力公司會破產。」克拉斯感嘆地抬起頭。

「為什麼？」約翰問。

話一出口，他感到一種奇妙的親切感，現在他們簡直就像以前：克拉斯說某些感想或結論，而自己緊跟著問為什麼。

「這個古魔法很燒錢，」克拉斯說，「先不論施法難度，光說法器和材料的配合，

4 快樂的小生物送小圈圈之王投火山的故事。（編注：指經典西方奇幻作品《魔戒》）

施展一個大型實體沙盤空間的花費和建一公里地鐵差不多。小型的或者擬像的可能會稍微便宜些。你可以想像一下。」

約翰想了想，「建一公里的地鐵得花多少錢？」

「算了，別在意，反正你知道很貴就行了。」

「我們是來收拾爛攤子的，」馬克插話說，「因為我們的老闆入獄了……是由於經濟問題。英格力公司遣散員工的時候沒有處理好培養池，這個大型實體沙盤現在越長越不對勁，裡面的生物失控發展，空間開始到處冒出裂口。」

沙盤裡的東西出現在現實世界，而現實世界也有生物能夠進去。由於裂縫位置隱蔽，不僅進來的人很難找到正確的出口，跑出去的生物也會給真實世界添麻煩，比如像巨蝠人那種東西。

阿麗特和馬克是主動進來搜索的，因為這個沙盤空間怎麼也終止不了。

此類魔法只能被施法者終止。問題是……他們研究組的老闆在坐牢。而且是普通的、法治意義上的那個監獄，和超自然無關。總不能和假釋官說「請讓我離開幾天，我要去解除個法術」吧。而如果沒有施法者在場，想要停止沙盤，則需要讓裡面的設計生物都離開……或死亡。

所謂的「設計生物」，就是指空間內被設計出來的活物，用來和體驗者進行主要互動。比如天堂幻境中虛擬的七十多個處女、追蹤巨怪的叢林裡的巨怪、魔索布萊城刑訊室裡赤裸上身的性感男性卓爾什麼的。隨著設計生物減少，沙盤空間會加速塌縮，最終消失。

「我和馬克的計畫是這樣的，」阿麗特說，「我們殺死可能產生威脅的生物，例如獸人、巨蝠人、狂化僵屍和毒牙郊狼。然後轉移一些比較無害的東西，比如兔子紳士，翼山貓，房屋小精靈之類的。」

「轉移一些？」約翰問，「你們是說，帶去現實世界裡？」

「對。」

「它們能在現實中繼續存在？你們……就這麼把它們丟出去？」

「能繼續存在，但會變得不如在沙盤世界裡強。比如這裡的兔子在現實中會跑得特別慢……房屋小精靈也不會魔法，甚至不會打蛋糊。」

「把它們帶到現實中，然後呢？」

「扔給你們，」阿麗特坦然地回答，「你們不是專門收容和幫助這類生物的嗎？」

說得也太理所當然了！約翰憤恨地看了她一眼。

「除了巨蝠人，這裡還可能有什麼？」克拉斯問。

「剩下的不多了，」女孩說，「普通動物的數量本來就少，因為沙盤被放置太久，有不少都被邪惡生物殺死了，現在我們再殺死邪惡生物就行……麻煩的是，老闆在這裡設計了魔像，那東西不會自己死，我們只能把它找出來處理掉。」

克拉斯點點頭，「我也是為了調查那些生物而來的。雖然沒想到會是個沙盤空間。」

後半夜，阿麗特和馬克把野營帳篷挪到了酒館裡，打算休息一下，明天再繼續搜索，約翰和克拉斯也加入他們。

只要有時間，徹底搜索並不難，畢竟沙盤空間的面積有限。克拉斯曾經走進一片看似廣闊的森林，但無論怎麼走，都會隨機出現在同空間內的另一端，無法走出森林，只會被道路指引著隨機折返，因為它的整體面積大小是固定的。迷路的獵人們還好說，大家早晚能找到他們並把他們帶出去；麻煩的是，他們還得對付這裡的大量奇幻生物。

約翰暫時不需要睡眠。看到克拉斯走出木門，他也跟了出去。他們並肩站在字體模糊的木招牌下，看著沙盤天空上的巨大圓月。

「你好像有很多事情想問。」克拉斯說。

約翰低下頭抓抓頭髮，「呃……是啊，簡直不知道應該先問哪個。」他想知道克拉斯為什麼會來這裡，也想知道這三年克拉斯在哪裡。突然，他想到一個更近在眼前的問題，「對了，我為什麼感覺不到你？」

「應該是由於身在沙盤空間，」克拉斯說，「這裡和真實世界不同，所以你感覺不到我靠近。等我們出去，你就感覺得到了。」

約翰想問「那締約的部分呢」，但又覺得這麼問很糟糕，就像自己多在乎締約帶來的絕對命令似的。還沒等他思索完，克拉斯主動說：「命令我跳個舞吧？」

「什麼？為什麼？」約翰的眼睛都瞪圓了。

「因為我不會跳舞，也不愛跳舞，」克拉斯笑著站在他面前，「記憶中每次參加派對我都因為這個出醜，所以我不會主動跳舞。如果你讓我這麼做，而我真的跳了，那就說明締約的控制效果還在。我只是想試試看。」

約翰左右看看，還聆聽了一下木門內——那對英格力公司的搭檔已經睡著了，發出均勻的呼吸聲。於是他對克拉斯伸出手，清了清嗓子，「和我跳舞吧。」

克拉斯哭笑不得地看著他，「和你一起？」他一邊說，一邊把手搭上約翰的手掌，另一手扶住他的肩。

約翰靠近，摟住克拉斯的背，「你不是裝的？這是……締約的效果還在發揮作用嗎？」

「是，絕對是！」克拉斯說，「我從來不跳舞，很多人可以作證。」

約翰笑笑，拖著他走了幾個慢舞的舞步。

「你會跳舞？」克拉斯驚訝地看著他。

「當然，小時候母親教我的。她總說作為一個男人會用得上。」

「我差點忘了你是上百歲的血族。」

克拉斯連最慢的節奏也踩不準，只是被扶著一起走而已，「你看，我雖然可以跳，但原本做不到的事情還是做不到。」

「有些事你做到了，」約翰看著他，「你確實好好地活著，避開了可能想找你的人，而且現在你看起來很好，你沒有失控。」

「我曾經再次失控過，」克拉斯低聲說，「後來就好多了，我越來越熟練怎麼掌控那種力量，並盡可能壓制它。我不會輕易使用它的，因為一旦使用就有潰堤的危險。」

「真知者之眼呢？」約翰問。他帶著克拉斯一轉身，站在不太平坦的道路中心，月光為他們拉下長長的影子。

「哦，這是最值得慶祝的，它恢復了。」克拉斯的黑眼珠裡映出約翰的形象，「也許是我體內的東西變穩定了，靈魂和身體稍微協調了些。不過，能力時有時無，它一旦失效，我就得特別留心，防止自己失控……有點像個警鐘。」

克拉斯還沒說完，約翰攬著他的背，將他拉近，輕輕吻了一下他的眼瞼。他感覺到約翰的嘴唇在發抖，按理說血族是不會感到冷的。

他明白約翰為什麼會這樣。實際上，遠遠看到約翰時他也激動得發瘋。可是當真的在一起談話時，他反倒表達不出這份驚喜。

「那現在呢？在你眼裡我是什麼樣子？」約翰問。

「和以前一樣，就像你剛敲開我家門的時候。」

他們額頭相抵。克拉斯把另一隻手從肩膀移到約翰的頸側，那熟悉的體溫讓約翰幾乎熱淚盈眶。

約翰微偏過頭，輕輕銜住克拉斯的嘴唇，他們交握的手終於放開，變成相互擁抱。

當年在克拉斯失蹤後，協會偽造了他的死亡。「德維爾．克拉斯」這個人在法律意義上已經不存在了。臉書上有人發起追悼這位恐怖小說作家的活動，也有人說是「殺妻又逃脫法律制裁的藍鬍子最終被復仇女神的利劍裁決」什麼的，讓人看了哭笑不得。

克拉斯現在是獨自行動的驅魔師，化名克拉斯・德夫林，有時還為遊騎兵獵人提供施法幫助。

約翰最吃驚的是，克拉斯說現在自己的臉上有一層幻術，就像他曾為開車的兀鷲施法、讓其面孔呈現活人相貌一樣。現在他在別人的眼中是另一個長相，同是黑髮黑眼，五官卻完全不同。因為約翰和他之間存在血族締約的關係，所以只有約翰能夠看到他真正的面容。

「在別人眼裡我是這個模樣。」克拉斯拿出一張照片，是不久前他和幾個遊騎兵獵人的合影。照片上有一頭長了四條手臂的利齒大腳怪，幾個人類圍成半圓，拿著槍，伸出大拇指。

照片上的「克拉斯」比真實的他要年長幾歲，髮色、瞳色和膚色沒變，眼窩更深，眉形微垂，面孔瘦削而憂鬱，隱約有點像某個電影演員……像安德林・布洛迪[5]。

「哪有人用幻術把自己偽裝得……像個演員啊？」約翰看著照片，露出不可思議的表情，「通常不是應該把自己偽裝得越不起眼越好嗎？」

「也不完全和那個演員一樣，」克拉斯說，「我畢竟不是整形外科醫生，沒有憑空塑造一張臉的本事，總得參照點別人的長相。還記得兀鷲身上的幻術嗎？我還把他的臉變得像年輕時的史恩・康納萊[6]呢。」

5 安德林・布洛迪（Adrien Brody），演《戰地琴人》（The Pianist）的那個演員。
6 史恩・康納萊（Sean Connery），飾演第一任007。

第二天，他們離開村子在荒野和樹林中繼續搜索。在早晨和上午，約翰休息了一下下，醒來後驚訝地發現，現在的克拉斯竟然根本不需要睡眠。

克拉斯告訴他三年中自己身上的變化：「如果非要靜止下來，我也可以入睡，雖然不知道那算不算『睡』，還是只能算『停止活動』。以及，我不吃東西甚至不喝水也沒事，雖然我可以吃……這是某次我被蛛化獸綁架後發現的。休息時我還是會吃點東西，畢竟習慣了。」

除此之外，還有最令人費解的一點，「我的指甲，」他把手伸向前，「三年內沒有變長過。」

「我不知道該高興還是該擔心……」約翰誠實地說。

「我也不知道，」克拉斯聳聳肩，「其實我對自己做過一點小測試，從結果看，現在我的身體大概就和我父親……和佐爾丹差不多，是一種似是而非的東西，比起人類，更近似於魔像。」

「現在我很怕『魔像』這個詞，」約翰說，「聽阿麗特和馬克說，我們要找的就是一個很強大的魔像。先不說它，這三年裡我遇過兩次魔像，一次是血肉魔像，創造者心血管疾病發作猝死，魔像一個人徒步跨越國境被普通人發現了……我們費了很大的力氣才處理好這件事。另一次是個泥魔像，施法者控制不住它，它一邊跑一邊見什麼拆什麼，驅魔師們的法術基本上都對它無效，最後它跳河自殺但是又淹不死……」

「好吧，我不用這個比喻了，」克拉斯笑笑，「如果有時間，我還真好奇這三年西灣市都發生過什麼。」

約翰只是點點頭，沒有回答。雖然現在克拉斯的力量穩定了，也能隱藏自己，但留在西灣市對克拉斯而言也許仍然太危險。

約翰當然希望克拉斯能從此不再離開。如果他們能永遠像這樣並肩走在一起，他願意用一切珍貴的東西換……可是他不希望拿克拉斯的安全來開玩笑。

走在後面的阿麗特突然舉槍對著樹叢，約翰回過頭遠遠地告訴她：「是隻大鸚鵡，別緊張。」畢竟他的視力比人類好很多，還能分辨不同生物的心跳。

英格力公司的兩人還是有點畏懼約翰，畢竟他是個吸血鬼。他們和他故意保持著距離。

「你不需要牠嗎？」阿麗特指的是鸚鵡。

「我為什麼會需要牠？」約翰問。

「你……你不用進食嗎？我聽說吸血鬼餓久了會發狂。」

「謝謝，我沒那麼餓，」約翰說，「我們不需要像人類一樣維持一日三餐，只要定期進食就可以。」

他們繼續撥開雜草和灌木前進，克拉斯小聲問約翰：「你還在堅持『不使用朋友的血』嗎？」

「基本上是。不過我也沒那麼堅持了，有一次我用了洛山達的血，但沒咬他，是他用法術移出一捧血液交給我的。」

「惡魔血……你真是個傳奇血族，沒幾個血族喝過好幾次惡魔的血。」

「是啊……」

「還有魔鬼的，」克拉斯說，「不知道我們需要這在待幾天。接下來如果有需要，你也可以再用我的血。我的血本來也比一般人類的更有力量，而且，通常締約人類的血是首選。」

「暫時還不需要，」約翰側頭壓低聲音，「要說『獲得力量的首選』，還不如你現在就對我來個深吻。」

他剛說完，克拉斯竟然直接扭頭吻住他，手腕還攀上他的脖子。

身後傳來阿麗特和馬克的驚嘆（和一聲口哨），約翰手忙腳亂地按住克拉斯的肩，發現克拉斯一臉無奈。他們什麼都沒解釋，阿麗特和馬克也沒問。克拉斯低聲說：「這是沒辦法的事，我會服從你的一切要求！」

「開句玩笑也不行了？」約翰問，「我又不是認真的！」

其實約翰也不確定自己是不是認真的。畢竟，說那句話時他確實在回味昨天的接吻與擁抱，有時他確實忍不住希望能體會更多。

「反正……締約的效果很微妙，」克拉斯揉著眉心，「在你的要求下，即使我內心有質疑，也沒法用自己的意志抵抗，所以儘量別開玩笑。」

「如果我只是想提建議呢？不是要求，只是提議和詢問。」

「那就用疑問句。」

與此同時，野生血族卡爾正按著額頭，發出一個艱澀的疑問。

「……諸神啊，我還活著嗎？還是已經死了？」

他身在一座洞穴內，石頭上放著一盞牛眼提燈。腦袋一跳一跳地疼，視野半天才成功聚焦，渾身像是被摔散了一樣，實際上他確實是被摔散了，手腳關節扭曲，好幾處骨頭碎裂，內臟受創。他是血族，不會因此死掉，傷處正在慢慢癒合，但光是癒合過程也夠他受的。

他記得，自己跟著約翰與洛山達進入西灣市佩倫街一座大廈的地下室。他們發現那裡不太對勁，下層似乎連接著別的空間……

他無意中打開一扇門，一陣白光後，他就掛在樹屋外的枝頭上了。他就這麼掛了十幾分鐘，腳下出現三五隻叢林狼。起初那些東西對他有些好奇，他展露出自己的紅眼睛和獠牙，狼便嚇得落荒而逃。

又掛了一會，他開始掙扎，終於成功地摔了下來。他暈乎乎地在樹林裡亂轉，不禁開始擔心卡蘿琳。卡蘿琳很強悍，但她畢竟是個人類，和她在一起的麗薩那麼柔弱，不能保護她……如果她也被掛在枝頭上可怎麼辦？她是否也來到了這個莫名其妙的世界？

卡爾呼喚著她，慢慢走出樹林。月光下的原野，草浪隨著柔緩的丘陵地勢起起伏伏。走了很久，突然他發現遠處有黑影在動，他像一頭準備狩獵的獵豹般伏低身體，借著夜色與草木的遮蔽，悄然靠近。

等靠得足夠近，他發現那是一頭奇特的龐大生物：像非洲野牛，但有犀牛一樣的角。再靠近點，他大吃一驚，這東西竟然長著獸爪而不是牛蹄！有角的生物怎麼會同時長獸爪？在卡爾感到一陣混亂的同時，野獸發現了他，向他疾衝而來。

這次，吸血鬼的威懾絲毫不起作用。他被那隻生物追著一路狂奔，來到一處高崖邊。他想回頭看看怪物距離自己有多遠，剛一轉身，那東西便直撲上來，他一個踉蹌就跌下了懸崖。

卡爾可憐就可憐在不能霧化，甚至不能變蝙蝠，他只能變成小老鼠。也許老鼠的體重能輕點，但他早就嚇得六神無主，根本來不及反應。

之後的事他就不知道了。現在看來，自己真是摔得不輕，痛得連坐起來都很艱難。他又躺了很久，思考該如何找到卡蘿琳……想到的每個方案都被自己推翻了。漸漸地，他覺得好一點了，於是搖搖晃晃地站起來，沿著石洞向外走去。外面點著一堆篝火，上面烤著些肉類，篝火邊還堆放著七零八落的屍體。卡爾看到了那些角——追逐他的怪物的角！

篝火另一側坐著個人影，非常高大健壯，長髮垂到胸口以下。

「嗨，你好？」卡爾小心翼翼地打招呼，慢慢挪過去。

那是個看不出種族的東西，穿著破破爛爛的皮褲，披著毛斗篷，胸膛和手臂上的肌肉高高隆起，顏色深淺斑駁的皮膚上掛著數不清的傷痕。

卡爾和他維持著一段距離，不敢再靠近。那個「人」抬眼看向他，「你是個吸血鬼？」

卡爾縮著肩點點頭，不敢問「那你是什麼」。

對方指了指旁邊樹枝上掛著的水袋，「不知道你餓不餓。那是野獸的血，我知道你們不能使用屍體的血，這是我趁它還活著時取的。」

卡爾本來不想用野獸的血，甚至他也不能確定血是否真是在野獸活著時取出來的。可是現在他的腦子不算清醒，重傷讓他需要進食，畢竟他體內被摔得亂七八糟。他伸手摘下水袋，裡面的液體比人血或普通動物的血都要腥臭得多。雖然味道有些噁心，它所提供的力量倒還可以，比不上人血，但比牲畜的要強一些。

他喝了幾口，靠著一塊巨石坐下來，警惕地打量不遠處的「人」。憑在協會的實習經驗判斷，那肯定不是人，可是卡爾又看不出他是什麼。還有剛才的野獸（現在這個「人」正在吃牠）也是，卡爾從沒見過這樣的生物。

沉默令人恐懼。卡爾試著主動表現出友善，「謝謝你，是你救了我嗎？你怎麼知道我是血族？」

「有人教過我，」對方回答，「他們還留下了書，我認得字。」

天哪，這不會是奧術祕盟研究出來的奇美拉吧……卡爾暗暗想，「我是卡爾，你呢？」

「我不記得名字了，」那生物的眼睛映著火光，思索了一會，「你可以叫我『怪物』。」

「叫你『怪物』？這也太沒禮貌了……」

「沒關係，只是個稱號，我想不起來名字。」

卡爾又問：「你見過我的同伴嗎？」

「我只見過你一個吸血鬼，人類倒是見過不少。那都是很久以前的事了。你的同伴是什麼樣子？」

卡爾描述了約翰、洛山達、麗薩，著重強調了卡蘿琳的特徵。雖然他覺得這個怪物一定沒見過卡蘿琳，如果他見過，不可能不記得那麼可愛的女孩。

「我可以帶你去找，」怪物說，「你辨認她，我幫你指路。」

卡爾想不到他會這麼熱情，「真的？那就太好了，我們什麼時候能動身？」喝了點血後，他的傷比剛才癒合得又快了一些，現在不用扶著東西也能站得筆直，「這地方太凶險了，我真怕她遇到什麼不好的事。當然，她很勇敢，而且強大，但她只是普通人類，我必須找到她，確認她沒事……」

「你愛她？」怪物問。

卡爾摸摸鼻子，「我確實很在意她的安危……她很美麗，性格也很吸引人，不過也不能說是愛她……畢竟我們只是普通朋友。」

「哦，那就是她不愛你了。」

這生物怎麼如此一針見血……卡爾攤開手，想找個聽起來帥氣瀟灑點的回答。

還沒等他說，怪物輕輕笑起來，「我明白，我也曾經很愛某個人類。可是我現在已經不記得那是誰了。」

約翰隱隱覺得，克拉斯身上有什麼地方不對勁。

不過，人類本來就總是改變得很快。以前父親也這麼說過：「當你活過第一個百年，結識新的人類朋友時，你會漸漸覺得他們變化得非常快，無論是外貌還是心態。」

分別三年，克拉斯在外貌上倒是沒有什麼變化（如果他的指甲都不會生長，那麼也許他真的不會變了）。他一個人離開西灣市生活了三年，不管這三年是順利還是坎坷，他的精神狀態肯定會有些改變。

若橫向比較，其他人的變化也很明顯，比如卡蘿琳似乎也沒有過去那麼殺氣騰騰了，洛山達在愛情上變得更小心……約翰自己也是，他還記得自己第一次打開協會網站時的心情，而現在他已經在帶實習生了。

約翰思考的結論是：因為我對克拉斯懷有比較複雜的心態，所以才有這種感覺。

在沙盤空間裡，即使是白天約翰也能自由行動，完全不會因為陽光而不適。隨著他們幾人繼續深入，森林裡的景觀逐漸改變，熱帶植物過渡為白樺，現在又變成了寒帶針葉林。植被變化，氣溫卻恆定，此類細節能夠時時提醒人們這世界並非真實。

沙盤世界中的生物密度遠不及真實世界，隨著牠們的死亡或出逃，森林與原野變得越來越安靜。幾小時內，約翰目睹了「始祖鳥被觸手藤捕捉」、「花精主動靠近尋求保護飛進馬克的背包」、「會講阿拉伯語的田鼠同意離開這個世界」等等。

約翰數次想把注意力集中在田鼠或者別的什麼上，但都失敗了，他無法不去在意克拉斯身上的變化。

克拉斯說話的聲調、思考時的眼神都沒有變，可是約翰就是莫名地覺得他變得……鋒利了很多。「鋒利」這個詞有點模糊，除此外約翰又想不出更準確的形容。

也許是偶爾的細微表情和以前有些不同？或者是因為克拉斯從調解員變成自由驅魔師，工作方式的不同讓他的氣質有所改變。

黃昏時，約翰心中的疑問膨脹到了頂點。

斜陽中的森林暗影搖動，他們靠近一池裂谷中的潭水。潭水很淺，目測不到一個手臂深，水中和潭邊到處都是動物的屍骸。

阿麗特打開地圖，說這裡住著一隻怪物，是參照真實不死生物做的邪靈。它用幻聲引誘生物靠近，之後就撲上去吸乾牠們的生命。不過，外來的成年人類幾乎不會被影響，據說是因為成年人的耳朵聽不到它發出的聲音，就像網路上那種「看你能聽到幾赫茲」的測試。

「天哪……你們都聽不到？」約翰看著屍骨累累的池邊，「也許因為我是血族吧，我能聽到那個聲音，從很遠就聽到了。幸好阿麗特事先介紹過這個地方……有東西在唱歌。」

「唱的是什麼？」克拉斯問。他的肉體仍是人類，所以他聽不到。

約翰有點走調地跟著唱：「請她為我找到一畝土地，香芹、鼠尾草、迷迭香和百里香……」

「《斯卡伯勒集市[7]》？」阿麗特撇撇嘴，「這歌一點都不恐怖……」

7 斯卡伯勒集市（Scarborough Fair），經典的英國傳統民謠。

「本來就不是為了恐怖吧？」約翰說，「也許它更像賽王的歌，美麗而致命什麼的……」

據說，原本設計的潭水裡只有一個邪靈，隨著屍骨增多，有不少活物都被轉化為邪靈。在現實中這不可能發生，邪靈的轉化很複雜；誰叫這裡是沙盤空間呢，在總體法則貼近現實的基礎上，細節都遵守設計者指定的規則。

克拉斯掏出銀筆，開始繞著水潭寫東西。他靠近時，水潭一陣波動，水面之下浮現出密密麻麻的邪靈身體，有的狀如生前，也有的是骷髏或肉塊。只有恢復真知者之眼的克拉斯能看到，約翰和兩個人類都看不見這些，他們只能看到水面顏色變深，像被煮沸一樣翻動。

克拉斯叫人類退遠些。即使身在沙盤空間，他也不確定人類靠得太近是否會被傷害。而克拉斯不擔心這個，畢竟他的靈魂是另一種東西。

他叫約翰來幫忙。約翰並不懂這個法術，根據克拉斯提示的方向規律與必要字元，他可以輔助克拉斯完成細節。他從另一端開始書寫，負責外圈，直到和克拉斯負責的內圈都環繞閉攏。

大概因為約翰屬於不死生物，所以池中的靈魂們對他毫不關心，仍不停嘗試著包裹克拉斯。它們疑惑地發現自己無法觸及這個人類，明明幾乎將他完全包裹住了，卻沒法滲入他的身體。

克拉斯沒把自己眼裡看到的說出來。法陣完成後，他向約翰要來了那把銀色馬刀。

鋒利的光芒令邪靈們一凜。克拉斯的嘴唇輕輕翕動，用很小的聲音念動符文，並沿著法陣邊緣用銀刃在字元上切割。

利刃在法陣上擦出明亮的火花，同時，一個邪靈發出高頻的嘯叫。約翰反射性地捂住耳朵，這聲音對他而言簡直像是用指甲狠狠地刮擦黑板。

火花被鋒刃撕裂的瞬間，邪靈在另外三人眼裡也出現了。只不過時間很短，不足一秒，接著它就在慘叫中被分解了。

每點亮一個火花，克拉斯就緊接著刺穿它。潭水中，邪靈的嘯叫此起彼伏，它們瘋狂地湧向克拉斯，卻拿他無可奈何。也有幾個轉而想攻擊距離較遠的人類，它們還沒能靠過去，就已經被魔法毀滅。

潭邊和水下的屍骨漸漸開始凋朽、碎裂。土地上的那些化為粉末飄散，水中的則呈現一片渾濁。

克拉斯的動作俐落而準確，深色袖口下的蒼白手腕並不強壯，此時卻透著不容反抗的壓迫感。

約翰終於發現是哪裡不對勁了。他很確信，這絕不是自己的錯覺。

他想起阿特伍德老宅。協會不得不毀滅那些幽靈，即使它們之中有些其實是受害者。當時克拉斯看起來肅穆而凝重，他不喜歡做這種事。

如果說阿特伍德老宅的事件比較特殊，不能拿來參照，那麼約翰還能想起更多次和克拉斯搭檔的經歷。他們面對過本性善良但行為危險的生物，也對付過確實邪惡狂暴的東西，無論是面對什麼，克拉斯都喜歡主動嘗試別的方式，他的眼神中毫無憎惡，更多的是無奈。

而現在不同。克拉斯的施法手段和過去一樣熟練，甚至更熟練了，逐一毀滅邪靈的動作毫不猶豫，甚至肢體語言還有點……迫不及待。

想到這些，約翰找機會問了他幾句話，比如是否能和池子裡的東西溝通。

克拉斯說沒辦法，邪靈們是被設計出來的邪惡虛體，就像巨蝠人的任務就是殺生與掠奪一樣，這裡的邪靈沒有過去，沒有未來，沒有思想，它們只能被消滅。

從道理上來看，克拉斯說得一點錯都沒有，但約翰就是覺得不對。他承認克拉斯說的是事實，問題是，會迅速做此判斷、動手極為乾脆的人卻不像「克拉斯」。

事情結束後，克拉斯把銀色馬刀的鋒刃收回，還給約翰。約翰就這麼愣愣地看著他，讓他有些不自在。

「怎麼了？」

「沒什麼，只是有點吃驚……」約翰仍然不太確定，也許一切都是自己的心理作用，「我沒見過你用剛才那個法術，效果挺嚇人的。」

克拉斯看向水潭，英格力公司的人正翻弄著化為粉末的骨頭嘖嘖稱奇。

「對付被地點禁錮的靈體時特別好用，」他說，「如果目標能活動的範圍太大就不行了，用來消滅死守在房子裡的東西正合適，以後我可以教你這個。它非常有效率，能快速殺死虛體生物。」

約翰湊近他，微微瞇起眼睛，「克拉斯，你怎麼了？」

「什麼？」克拉斯不解地望著他。

「剛才，你的一句話裡就包含了兩個『殺死』這樣的詞彙，」儘管其中一個是「消滅」，但意思也差不多，「你以前不會這麼說話。不，重點不是詞彙，是那種……那種態度。」

克拉斯怔住了。他低頭盯著土地和自己的腳，過了好久又抬起頭，四下環顧。

阿麗特和馬克在攤開地圖研究路線，樹林中沒有鳥聲和蟲鳴，夜幕再次悄然降臨，微風拂過枝椏、沙沙作響。

潭水一片渾濁，像腐敗多年的泥潭。

「我……」克拉斯艱難地擠出一個字，說不出下面的話來，他不知道該怎麼說。

這三年內，他不再是協會的調解員和施法者，而是獨自行動的驅魔師。他偶爾和獵人搭檔，更多時候是獨自行動。他經歷過力量再次失控，並克服了它，真知者之眼恢復了作用，他仍能使用神聖屬性的魔法和武器……他幫助獵人破解過血族暴徒的防護魔法，獨自對付過盤踞於野營地的噬心怪，為保護野生靈媒獸設陷阱殺死過狼人……

他想念西灣市的同事，懷念和母親相處的日子，而且每天都在想像約翰此時正在做些什麼……他在孤獨中繼續平穩地生活著，甚至，這對他而言並不算多麼孤獨。

比起腦子裡令人作嘔的、在匈牙利奧術祕盟基地中的歲月，比起目睹「母親」和她真正的孩子受到攻擊時的絕望，這些又算什麼呢？

還有，他的記憶裡有那麼多恐怖的生物，在布滿防護魔法的格鬥場裡，他曾不停地摧毀它們；逃出研究基地時他保護著佐爾丹夫婦，殺死的人類守衛到底有多少，連他自己都想不起來了……和這些比起來，這三年中他經歷過的東西又算什麼呢？今天在沙盤內消滅掉的邪靈又算什麼呢？

他根本感覺不到有哪裡產生了變化。這一切對他而言都是順其自然：他仍保護著人類和無威脅的超自然生物，他精確地施法、有效率地解決敵人，在它們慘叫著被摧毀時，他會感到一種難得的平靜。

當年在研究基地的格鬥場中，他就是這樣乾脆地結束它們的生命的。毫無憐憫，甚至迫切地想要每天都這麼做——那些奧術祕盟的人說過：「這是魔鬼的殺戮本能。」

而現在自己在哪裡？這三年中自己在哪裡？是在鄉野小鎮、叢林、海岸線、廣闊平原、陌生而繁華的城市，還是仍在奧術祕盟的研究室？

也許毫無疑，那些生物問是邪惡的，而自己又是懷著怎樣的欲望去對付它們的？是為了減輕傷害，平息問題，還是……只是想毀滅它們？

當克拉斯注視著約翰，從血族疑惑的雙眸中看到自己時，他突然渾身發冷。

他看到的仍是自己，穿著不太合身的衣服，相貌一如從前。可是一種陌生感卻像利劍般刺穿他，讓他感到恐懼。

他想起白色的布。有些顏色其實是奶色、米色、極淺的淡灰色等等，在沒有參照物時猛一望去，它們都會被理解為白色。而當你真的能準備一個色值純白的東西來參照，就會發現它們和白色的差異竟然如此巨大。

自從身體與靈魂再次同步，他不再絕望，開始感到欣慰和驚喜。即使恐怖經歷重新湧向腦海，他也覺得自己應該夠抵抗——畢竟他都成功控制住那股黑色的力量了。

現在看來，仍有某些事在發生，只是自己不知道罷了。

他想堅持的東西就像細微的沙子，正從他緊握的拳頭裡不知不覺緩緩流逝。

「對不起……」克拉斯的聲音小得連自己都聽不清楚。

最糟糕的是，現在他竟然總結不出來到底是怎麼回事。他意識到有某些地方出了問題，可他沒法做出判斷。

「對不起……」他又一次低聲重複。

「不要道歉，你有什麼好道歉的？」約翰發現克拉斯在躲避自己的目光，「我沒有排斥你，我想和你一起面對所有事物。」他把手輕輕搭在克拉斯的頸邊，他喜歡這樣確認克拉斯的體溫。

「或許你有點迷茫？」約翰說，「而我也是。一言難盡，對嗎？」

克拉斯輕輕點頭，嘆息著說：「我搞不清楚，我搞不清楚自己到底是怎麼想的。」

「很多時候我也是這樣，」約翰故意用輕鬆的語調說，「搞不清楚時，就和身邊的人商量。反正我肯定願意和你一起處理任何事。」

「嗯，確實。必要時你可以用締約的效果阻止我，盡可能控制我。」克拉斯嚴肅地說。

「我不是這個意思……」

「我是認真的，」克拉斯終於抬起臉來看他，「你還記得在吉毗島時我說過些什麼嗎？」

其實約翰一時沒想起來是指什麼……在他猶豫時，克拉斯接著說：「我告訴你不要把吸血看得太邪惡，雖然我們不必搞得像領轄貴族那麼浪漫，至少可以把這些當作彼此信任的證明。約翰，我信任你，甚至勝過信任我自己。」

「我知道。」約翰搭在克拉斯肩頸上的手輕輕用力，想擁抱一下克拉斯，暫時結束這個話題。

但克拉斯卻故意維持距離，堅持要說完：「必要時，我願意讓你命令和控制我，我願意服從你。這不是開玩笑。你明白嗎？」

約翰明白，他當然明白克拉斯的意思。不過……他覺得自己實在是太不爭氣，偏偏在這個時候，供稿給低俗緋聞小雜誌的經驗突然占據了他的主要思路，他無法避免地想到了一些別的方面——克拉斯的用詞實在太引人遐想了！

幸好沒有會讀心的變形怪在場。還有，幸好血族不會臉紅。

「你在想什麼？」偏偏，有時克拉斯也很敏銳，「讓我猜猜，從表情看來，你是不是聯想到某些……」

「我不想了！我們還是想想接下來的安排吧！」約翰投降地舉起雙手。

旁邊傳來阿麗特的聲音，「雖然……我支持任何取向下的關係，但你們能不要這麼旁若無人地調情嗎？以及，血族說得對，我們得談談接下來的安排。」

她指指水潭的另一側，「我和馬克發現了些足跡，看大小，很可能屬於遺留在這裡的魔像。」

水潭另一側有植物被踩得彎折的痕跡，泥土下有腳印，徘徊在水潭的十英尺之外。看起來像是來者發現水潭很危險，中途折返。腳印很大，這生物估計比大多數的籃球運動員還要高。而且他肯定是有智慧的生物，足跡顯示他穿著軟鞋或者襪子，他還摘走了附近的不少野花。

不知道他摘野花用來幹什麼，難道要裝飾山洞嗎？馬克有特種兵經歷，比較擅長分辨野外痕跡，他小心地觀察，帶著另外幾人一路追蹤腳印。

天色已經暗了下來，克拉斯建議先暫緩搜索，繼續找下去不安全。畢竟他們是外來者，要面對的是這裡原生住民的魔像。

正商量著，他們繞過一片灌木，走出了森林。沙盤空間內的實際面積有限，不管向哪個方向深入森林，最後都會隨機出現在其他方位的原野邊際。

「阿麗特，這是哪片區域了？」馬克問。他用遠光燈在草原上晃來晃去，原野有較大起伏，他們的視野看不到丘陵的另一側。

阿麗特用小手電筒照著手冊，「應該是第十五區，緊鄰的十六區已經開始塌縮了，這地方靠近其中一個裂縫出口。往前走應該有個懸崖，小心點，懸崖設計得有點突兀。」

「哦，我想起來了，懸崖。」馬克也曾是參與設計沙盤細節的人，「確實是很突兀，走著走著前方就是懸崖，一點都不合常理。夜晚會很危險。」

「不如我們就聽驅魔師的，先在原野邊緣休息？」

「也可以，雖然我還是覺得應該抓緊時間。十五區和十八區之間是魔像常活動的區域……」

他們討論時，約翰注意到灌木叢裡有什麼東西發出短促的聲音。聲音很小，像某種電子音，不是動物或昆蟲。他示意大家安靜，又過了一會，電子音再次響起。

約翰撥開灌木，向聲音摸索，找到了一隻手機。是卡爾的手機，約翰對它印象深刻，因為手機的待機畫面和主頁背景都是卡蘿琳的照片。手機的電量過低，正在有間隔地發出警示。

「卡爾可能有危險。」約翰大致介紹了這位實習生，為了不讓新的人類同伴太驚恐，他暫時沒說卡爾也是吸血鬼，「不如你們先休息，我去前面找找他。也許他就在附近。」

「我跟你去。」克拉斯拍拍約翰的肩。他對兩個人類說：「你們還是在這裡找個安全的地方，多想想接下來的路線，我們需要這個。」

「但是……」阿麗特想說什麼，馬克擺擺手阻止她，同意了克拉斯的建議，「確實，要對付古怪的生物還是你們更專業。我和阿麗特會在森林邊際紮營，等你們回來。我建議你們不要走太遠，否則很可能會迷路。跟著我們才更容易找到裂縫出口，你們要是走丟了，只會平添麻煩。」

「嗯，我同意，」克拉斯點點頭，「我們最晚會在天亮前回來。」

約翰和克拉斯的身影逐漸消失在夜幕中。馬克搭帳篷時，阿麗特問他為什麼要停留在這裡，馬克聳聳肩，「第一，我有點害怕吸血鬼，那傢伙一天多沒吃東西了。第二，妳難道沒看出來他們是一對？」

「我看出來了。」阿麗特說。

「也許他們只是想要點夜晚的私密時間。在沙盤空間裡的羅曼蒂克之夜——難得一遇啊。」

約翰和克拉斯走在半腿高的草叢中。

「你不擔心被協會的人發現嗎？」約翰問。

克拉斯搖搖頭，「問題不大。這三年我不可能與世隔絕啊，我身上又有幻術。對了，說到這個，如果見到協會的同事，說我是誤入的遊騎兵獵人就好。」

「嗯，我知道。」

約翰想了想，又問：「那麼，之後呢？」

「什麼之後？」

「我找到同事，大家解決沙盤空間的事，找到裂隙走出去，然後呢？你接下來打算怎麼辦？」

「這取決於走出裂隙後我出現在哪裡，」克拉斯說，「這個空間培養池不是有兩個連接點嗎？一個在廢棄工廠，一個在西灣市內。我是從廢棄工廠那邊進來的。」

「那麼你也要從那邊離開嗎？總之結束後你就……這麼離開了？」約翰努力保持詢問的語氣，其實濃濃的不情願早就明顯得要命了。

「當然要離開，」克拉斯說，「難道我能跟你回家嗎？你的同事會懷疑我的身分的。其實我還有點別的事情要處理，和遊騎兵獵人有關，之後要去達爾林鎮。不過，在去達爾林鎮之前，我可能會去找你一趟。」

「什麼？」約翰驚喜地轉頭看著他。

「我可能會去找你一趟，」克拉斯重複，「你現在住在哪裡？是在我家嗎？」

「是……」約翰有點不好意思，他現在竟然成了屋子的主人。

「那就好，我可能會在清晨去找你，至於是哪一天就不確定了。實際上，我之所以再次回到西灣市附近，本來也是為了去找你。」

約翰心裡又是激動又是酸澀，不知道該說點什麼來回應。在他眼裡，夜幕下的原野簡直變得春花爛漫。

「我要找你商量一些案件，」克拉斯的話立刻抹掉了約翰幻視中的花海，「和達爾林鎮有關。這件事最好有協會參與，我又不能直接去報案，所以想先和你商量。」

「哦……我明白……」約翰有點洩氣地回答，「大概是什麼事？」

「一言難盡，不是緊急情況，所以將來再細說吧。你看，前面似乎就是那道峽谷。」

峽谷很深，是那種摔下去必死無疑的距離。下方有一條水流湍急的小溪，溪邊是谷底的樹林。

「我可以霧化下去，」約翰探頭看了看，「但是你呢？」

克拉斯說：「我們誰都不用下去，不如順著水流，沿著峽谷走。」

「等等，我知道順著峽谷走有可能會走到地勢變低的地方，但是那需要的時間太久了，萬一它很長……」

「它不會很長。實體沙盤空間的面積大約是培養池的十至三十倍，我見過舊廠區的培養池，實際上這地方的面積不大，只是空間位置混亂而已。看比例，這條峽谷不會比西灣市的銀星步行街長。」

「銀星步行街也夠長了……」約翰跟上克拉斯，往他說的方向走去。

卡爾知道，約翰和洛山達一定在找自己。他們都是經驗豐富的工作人員，也許早就查清楚了這裡發生的事，可是自己卻對這個世界一點頭緒也沒有。

幸虧有「怪物」願意當他的嚮導，帶著他尋找同伴。他暗暗推測，「怪物」也許是自己沒學過的什麼種族，與世隔絕地生活在另一個空間，長得有點可怕但性情還挺善良。找到麗薩和卡蘿琳後，也許他們可以把「怪物」帶回協會登記，讓他的生活變好點什麼的……

怪物問卡爾他的同事可能會去哪裡，卡爾想了想，覺得卡蘿琳和麗薩一定會追蹤邪惡生物。怪物點點頭，帶著卡爾在黑漆漆的樹林裡穿行，他說他知道有哪些地方最危險，如果卡爾的朋友喜歡狩獵，一定會去那些地方。

「你們是從哪裡來的？」怪物走在前面，和卡爾閒聊著。

「西灣市，呃，你知道西灣市嗎？」卡爾說，「反正是和這裡是不同的地方。我們回去時你怎麼辦，你要不要和我們一起走？」

「走？去哪兒？」

「去更適合生活的地方，當然我不是說你的山洞不好……只是，這太孤獨了，你不覺得不健康嗎？」

怪物笑了笑，喉嚨發出呼嚕呼嚕的聲音。

「孤獨，是啊，我知道什麼是孤獨。謝謝你，但我不能去你們的地方。儘管我已經很久沒見過別人了，但我熟悉人類，他們的嘴臉給我留下了太深的印象。我憎惡他們，他們也憎惡我。」

「有這麼嚴重？」卡爾很想知道怪物此時是什麼表情，怪物走在前面，他看不到，「你說你不記得名字了，還總是說什麼『很久以前』，你應該是壽命很長的種族吧？我懂了，以前的人類是很糟糕，他們亂倫、迫害、燒死無罪者、種族屠殺……當然了，以前的血族也好不到哪裡去。你肯定與世隔絕太久了，現在外面的世界已經好多啦，雖然還是有不少令人頭疼的事情發生，可是總體來說確實是好太多了。嘿，我就來自一個專門幫助各類生物的協會，我們……」

他喋喋不休地說著，怪物突然停下腳步。

「你真善良，」怪物背對他，「你熱情，開朗，健談。」

「謝謝。」卡爾頗有成就感，作為協會工作人員，他感到被認可了。

怪物又說：「我看過書，血族是不死生物，對嗎？」

「對，嚴格來說是黑暗生物中的一種，帶有不死生物的特性。」

「人血對你們來說最好，其他生物的血能提供一點最基本的能量，你們會無力，但也能姑且活著。你們討厭陽光，喜歡在夜晚活動，你們通常也都活了很久很久，甚至有的人想不起自己的確切年齡……」

「沒錯。但我沒那麼年長，我才不到二百歲。」

「我也是，不知道自己活了多久，」怪物慢慢轉過身，眼神痛苦，「我只記得，我是被人類製造出來的，怎麼造出來的卻不記得了。我記得我曾經很愛那些人，他們大概沒有愛過我。我傷害他們，卻又因為他們而哭泣，我……我記得這些心情，可是卻想不起來那些人是誰，也想不起來自己是誰……」

「你得了失憶症？」卡爾試著靠近他一點，伸出手，安慰地搭在他的前臂上。怪物沒有抗拒，卡爾很高興對方能接受這份友善。

「我經歷的時間好久，真的好久，」怪物說，「我知道，一次晝夜就是一天過去。我知道三十多天就是一個月，三百多天就是一整年。我知道該怎麼計算時間，只要把經歷的每一天都留個記號，就能數出來過了多少年。」

「嗯，很聰明。」卡爾點頭。他頗有種已經成了協會正式調解員的錯覺，現在剛剛認識的怪物正在對他敞開心扉呢。

「可是，漸漸我混亂了，沒辦法再計數。太多太多了。我腦子裡的東西越來越凌亂，我數不清楚了，或者說，數字多得再也沒辦法數清楚……」

「有時是會這樣，」卡爾說，「我聽說太過年老的血族也會忘記很多事，還會改變性格什麼的。因為人的精神承受不了那麼多情感和記憶，人類的一輩子充其量只有一百多年，那還夠用，血族在幾百年時也夠用，但是上千年就不好說了……我猜，不會有上萬年的血族吧？要是有，他一定是原始人……」

怪物似乎根本沒有注意到他的調侃，而是輕輕上前一步，俯視著他：「這麼說，你我有挺多的共同點。」

「也許是，呃，我們不繼續走嗎？」卡爾眼前的怪物體型太巨大，太有壓迫感。

「我愛過人類，而他們憎恨我，後來他們死了。」怪物說。

卡爾有點搞不懂他的思維，話題也太跳躍了，「他們死了，是因為他們恨你……所以謀害你？被你殺了？」

「不，」怪物苦笑著搖頭，他有獸人般的短獠牙，笑起來其實有點恐怖，「我沒有殺他。因為我很愛他。他是……我也不知道他為什麼會死，他消失了，我再也找不到他了。」

「嗯，人類總會有病痛。」卡爾點點頭。

「我想和對我友善的人在一起，這樣就不那麼孤獨了。」怪物的手臂動了一下，正好握住卡爾撫著他前臂的手。卡爾嚇了一跳，怪物的手掌很大，足以包覆他的手和手腕，突然的動作讓他覺得很不舒服。

「我還希望，對我友善的人能夠不會死去，這樣我就不會再忘記他。」

這句話讓卡爾渾身一抖。他還沒來得及做出反應，怪物突然猛推他，把他按在樹幹上。血族的反應很快，他趁怪物沒來得及用太大的力氣，迅速用爆發力掙脫了鉗制，矮下身體想從怪物身邊溜開。

身後一股爆發的衝擊將他掀倒在地。一天前才受過重傷，僅僅靠野獸血液回復行動力的卡爾根本承受不住這樣的力氣。他還沒來得及爬起來，尖銳的疼痛就從後背直刺進前胸。

他連叫都叫不出來。一把尖銳的木錐穿過他的胸膛，將他整個人釘在地上。

那東西並未從心臟中心穿過，但也刺中了心臟側面，血族被利器穿心後會完全無法動彈，甚至失去意識，偏偏卡爾身上的木錐並沒準確對穿心臟，所以他動不了，說不出話，又完全清醒。

卡爾趴在地上，才發現前方有一顆顆珍珠狀的銀球，按照一定的規律分布在草叢中。他認得它們，這是用來做防護警報的，效果就像紅外線報警器，他見過麗薩使用它們……

也許麗薩和卡蘿琳就在前面不遠處休息，而怪物比卡爾更早地發現了這一點。

卡爾努力張開嘴，卻叫不出來。怪物伸手摸了摸他的頭髮，咧開嘴微笑，然後拔出彎刀，向可能有人類駐紮的方向無聲潛行。

Unthreatening Creature
Protection Association

Chapter 22

枯井之心

▼
▼
▼

有個童話叫《枯井公主》。

從前有個國王，他想得到金山和全世界最美麗的城堡。惡魔告訴他，如果你要求得那些，你的女兒就會成為邪惡的魔女。即使如此，國王仍然同意了，他得到了金山和最美的城堡，同時他的王后生下女兒，女兒將會成為魔女。

國王把魔女公主關在枯井裡，從此不再過問，只有王后偶爾還會去探望她。公主哭著問：「媽媽，帶我上去吧，我會給妳鑲滿鑽石的禮服，讓妳成為世上最美麗的女人。」王后起初還很心疼她，聽到這裡卻害怕了，她跑回去，再也沒有出現。

就像「所羅門王的瓶中魔神」一樣，公主在枯井中被困了五百年。一天，鄰國的王子路過枯井，發現有個美麗的少女在裡面哭泣，他放繩子下去，打算救她上來。他問公主：「如果我把妳拉上來，妳願意怎麼報答我？」

公主感謝地說：「我會給你滿滿一馬車財寶，還要當你忠實的妻子。」王子同意了，可是繩子剛拉到一半，他嚇了一跳，因為他還沒把公主拉上來，身邊卻已經出現了滿滿一馬車的金銀財寶。他驚叫：「妳一定是個魔女，我不能救妳上來。」王子割斷了繩子，讓公主落回井底。公主哭喊著，王子卻帶著馬車裡的財寶離開了。

公主又在枯井裡度過了五百年，一天，遊歷四海的騎士路過枯井，發現了枯井裡的公主。他對公主說：「美麗的女孩，我可以救妳上來。」公主說：「我可以給你滿滿一宮殿的財寶，讓你當個國王，讓你長生不老，還願意做你的妻子。」騎士拒絕了她的許諾，他說：「我只求救妳上來，讓妳得到自由，除此外我什麼都不要。」

繩子拉到井邊，他對公主伸出手。當公主碰到他時，她用力將他抓住，兩人一起跌入了枯井下。

「我使父親得到金山，父親囚禁了我；我讓母親成為最美的女人，母親拋棄了我；我願意永遠對王子忠誠，王子卻仇恨我。我許諾你財寶、幫你做國王、願意嫁給你、讓你長生不老，可是你卻都不要。你一定是這世上最善良的人，請永遠留在枯井中，和我生活在一起吧。」

童話的結尾一如既往，公主和她所愛的人從此幸福地生活在一起，再也不會分開。

這個童話幾乎沒能流傳下來。沒有文學大師去收錄、美化它，沒有人把它加入故事集，只有一些小地方的冷門抄本裡還能找到這段故事。也許因為它作為民間故事通篇沒有任何正面寓意，從頭至尾只有深深的惡意。

「要是我路過這口井，我就扔手榴彈下去。」卡蘿琳聽完，得出這樣的結論。

麗薩一邊擺弄魔法感應指南針一邊說：「妳可以先讓她昏過去，然後我用『檻車』把她弄回協會。」

《枯井公主》是協會中那位魔女血裔的肌肉壯漢講的，出自他們家族代代相傳的手抄古籍。他就要調職去其他分部了，臨走前請幾位同事吃了法式料理，邊吃飯邊講了一堆關於魔女的故事。

「說得像真有這件事似的，」卡蘿琳笑起來，「我們幹嘛要這麼認真地分析它？」

三年過去，麗薩的無框眼鏡換成了墨綠框，頭髮剪短過一次，從厚盤髮變成了僅僅夠綁條短髮辮的長度。卡蘿琳現在不再是西灣市年齡最小的獵人了，據說身高還長了兩釐米（同事們都說根本沒區別），燦爛的金髮和甜美笑容倒是一如既往。

她們坐在老樹拱出地表的盤根之間，裹在睡袋裡整理隨身物品。

「妳有聽到什麼聲音嗎？」卡蘿琳低聲說。隨著卡蘿琳的提示，兩人都停下了手裡的動作，專心聆聽。

這地方的樹林很安靜，沒有什麼生物，只有偶爾風吹過樹葉的聲音。麗薩安放的警報法器沒有被觸發，也沒有被破壞。她們從睡袋裡走出來，背靠背，銀馬刀和槍械在指邊和腰間隨時待命。卡蘿琳感覺到視線。雖然當她觀察黑暗的樹叢時什麼都沒看到，但她就是覺得有視線遊移在附近。

空氣中出現一縷細微的震顫，出於獵人的直覺，卡蘿琳迅速把身體向後一撞，將麗薩帶倒。一枚弩矢深深插在她們身後的樹幹上。

緊接著，樹叢中巨魔般龐大的身軀撲了出來。

槍聲劃破夜幕，不遠處，約翰和克拉斯聽得清清楚楚。他們辨出方向，向聲音所在的地方趕過去。

即將靠近時，約翰突然察覺到草叢裡有些異樣，他停下腳步，緩慢靠近，只見卡爾被長木錐釘在地上，睜著眼睛，一動不動。

約翰還來不及吃驚，樹林深處又是幾聲槍響。他迅速拔出木錐，低聲安撫卡爾，卡爾艱難地抬起頭，氣若遊絲，「先別管我……卡蘿琳……」

「卡蘿琳？」約翰貼過去想聽得清楚點，「你找到她了？」

「她有危險……」卡爾看向剛才怪物消失的方向。

實習生血族堅定地表示自己沒事，不需要照顧，要他們趕緊去支援卡蘿琳。他甚至沒來得及問跟在約翰身邊的陌生人是誰。

麗薩知道，襲擊者根本就不是「生物」。神聖驅魔法術或光明系古魔法都對他無效，銀色馬刀接觸不到他，催眠或迷惑法術也毫無作用。符合這些特點的只有魔像，構裝生物。可是眼前這生物能說話，襲擊方式機敏，被子彈擦過時會悶哼，甚至還會在卡蘿琳失手時發出竊笑……它簡直是活物，而不是構裝體。

儘管不知道這空間是何人創建、怪物又是何人設計，起碼麗薩明白，敵人是有智慧的，和書本上的、以前她對付過的都不一樣。

她試著對話，怪物卻哈哈大笑。他毫不避諱地告訴她：「我就是專程來殺死妳們的。」

「殺死我們？」麗薩準備著護盾魔法，如果實在不行就只能想辦法擋住他再逃離，「我們做了什麼事？」

「沒什麼，」怪物的回答出乎她們意料，「只因為你們是麗茨貝絲和卡蘿琳。」

卡蘿琳丟下銀芯彈槍，換上另一把普通的。她察覺到銀彈對怪物沒什麼效果，還不如普通子彈。實際上，也許砍刀比槍還有用——這隻生物雖會中彈，可是槍傷竟無法阻止他繼續行動，卡蘿琳想，也許只有砍了他的腿才能制服他。可是怪物太強壯了，卡蘿琳覺得近距離搏鬥不是好主意。

在她換彈匣時，怪物找準了機會撲過來。麗薩扔出一把粉末，念出咒語，一道半透明的壁障攔在怪物面前，她們兩個準備趁機撤離。

令人吃驚的是，怪物不像一般的敵人那樣氣急敗壞地想要打破障壁，他似乎見過這類法術！他知道壁障有寬度限制，正在摸著透明的牆尋找終點。繞過牆壁的一瞬間，他加快速度追過去。黑夜的叢林中，他龐大的身軀竟然迅捷如獵豹。

突然空氣中響起爆裂聲，幾顆金屬片從側面擊中他並爆出火花，火花接觸空氣就開始燃燒，很快就蔓延到他的毛髮和全身皮膚。

擊中他的是寫著爆燃符文的硬幣。如果人類被大火包圍，一定已經驚懼失措、性命堪憂，可是怪物既沒有亂跑也沒有就地倒下滅火，僅僅是因為焚燒而略顯遲緩。

卡蘿琳毫不猶豫地折返回去，拋下槍，拔出砍刀攻擊怪物的腿部。在她這麼做時，樹叢中竄出一個影子，同樣向怪物撲過來。她和那道影子配合得十分完美。她砍碎怪物一側脛骨後敏捷地跳開，另一人迅速反折怪物的手部關節，卸載他的彎刀和手弩。怪物頹然倒地。

做完這些，剛才那道影子——約翰走到卡蘿琳身邊，「好燙，我應該戴手套的……」他拍拍手，怪物身上的火苗也開始慢慢熄滅。

麗薩並不吃驚約翰會出現，畢竟她們發過通訊羽符給協會。她比較意外的是那個爆燃符文，「約翰，剛才那是你做的？」據她所知，約翰不會施展這些法術。

「不是，」約翰回答時，克拉斯正從樹影裡走出來，「是一個……遊騎兵獵人。」

克拉斯擔心麗薩和卡蘿琳能認出他的嗓音，所以僅僅微笑點頭致意。他暗暗讚美了一下麗薩的新眼鏡，比以前那款好看，還有卡蘿琳好像長高了，她怎麼過了二十歲竟然還能長高……久別三年，克拉斯很想去給她們一人一個擁抱。她們也是他的朋友，曾經性命相托的同伴。但是不行，他不能讓約翰以外的任何人認出自己。

卡蘿琳的直覺像小動物般敏銳，「剛才我還以為看到克拉斯了……哦，我是說一位以前的同事。你們長得不像，這裡太暗了我才看錯的。」她對著真正的克拉斯說。

約翰看出克拉斯盡可能不想說話。他靠近兩個女孩小聲說：「我在森林遇到他的，這人性格有點古怪。」

「很多遊騎兵獵人都這樣，」卡蘿琳說，「獨來獨往，孤僻，沉默寡言。」

克拉斯靠近怪物，觀察他被燒傷的皮膚和毛髮。這是個介於生命與非生命之間的東西，通俗地說就是魔像，但又不太一樣。畢竟這是沙盤世界裡的造物，肯定和真正的魔像不同。

不論是泥魔像、鐵魔像、血肉魔像……甚至佐爾丹那樣的寂靜魔像，他們都沒有自主思維，沒有溝通能力，而這個不同，他會輕蔑地看著別人，露出絕望的冷笑，他說：「你們……看來你們已經救了卡爾。我失敗了。」

「你是誰，」約翰問，「你到底想對卡爾做什麼？又為什麼襲擊她們？」

魔像還沒回答，卡蘿琳到處張望，「卡爾？卡爾那個蠢貨也來了？」

「我要殺死她們，」魔像的腿骨被削斷，手臂關節反折，沒辦法再站起來，「我要他留下來。」

「邏輯呢？」卡蘿琳想走上去踢他的腦袋，被麗薩一把拉住。

約翰繼續問：「你是指卡爾？為什麼你要襲擊卡爾？」

魔像的背部顫動起來，笑得很吃力，「很久很久以前，我愛過一個人，雖然我想不起來那是誰，太久了……」

人類女孩們聽不懂他在說什麼，連克拉斯都有些懷疑是魔像的語言邏輯能力出了問題。而魔像不停地說下去：「我只記得，給了我生命的人折磨我，給過我照顧的人仇恨我，每個人都厭惡我……我想和不厭惡我的人在一起。我愛他，我不相信他，我想和他永遠在一起，我傷害他……」

「嘿，聽說過嗎？」卡蘿琳在麗薩耳邊說，「總頻繁用『我』這個字的人通常精神比較不正常，妳看他說一句話有多少個『我』……」

「妳和一具魔像講究精神正常？」麗薩皺眉看著她。

魔像的身體抽搐了幾下，繼續說：「後來他死了，不，他消失了。我再也找不到他了，他徹徹底底消失了……我數不清過了多少天，根本不知道過了多少年……我不記得他了。」

「誰？你的製造者？」約翰問。

魔像沒有承認也沒有否定。他呼吸沉重，喉嚨中滾動著顫音，「而現在，我想和卡爾在一起。他是血族，長命，對我友善。他……不會消失。」

約翰輕聲問克拉斯：「你聽得懂是什麼意思嗎？」

克拉斯搖搖頭。魔像所提供的資訊太破碎了，根本聽不懂過去曾發生過什麼。

不過，克拉斯心中也有點隱約的猜測：據英格力公司的人說，這個空間曾經從「擬像沙盤」轉為「實體沙盤」，「擬像沙盤」中的時間流速與真實世界差別過大，那麼，作為設計生物的魔像在其中究竟存在了多少年？至少幾十年，甚至有可能幾百、幾千年？

在空間被轉為「實體沙盤」後，也許魔像因此損失了記憶，或者是單純因為過於漫長的時光而意識混亂……不管是因為什麼，可以確定的是，他一直在這個不會變化的世界中獨活。

「現在怎麼辦？」麗薩打開提燈，卡蘿琳忙著收拾地上亂七八糟的法器和槍支。

約翰說：「妳們去幫助卡爾吧，他剛才被木錐釘住了，狀態不太好。我遇到了英格力公司的人……呃，就是開發出這個空間的公司。我去找他們，讓他們決定怎麼處置魔像。」

他看向克拉斯，問：「遊騎兵獵人先生，你可以留在這裡暫時看守這個魔像嗎？」

克拉斯點點頭，背對著麗薩和卡蘿琳露出微笑。他想到三年前，總負責回答的人是他。而現在約翰可以代替他這麼做。

女孩們離開之前，約翰扔給她們一個血袋，是他帶著備用的。其實剛才就應該把它留給卡爾，但情況危機下他沒能想起來。

「我很快回來。」約翰小聲告訴克拉斯，轉身消失在叢林中。

天際已經泛白，虛假的世界中又一個早晨即將來臨。

克拉斯站在倒地的魔像面前，伸出手，注視自己再也沒生長過的指甲。他不知道自己現在算是什麼生物。人類的身軀和魔鬼碎片，被靈魂封固住的肉體……某種意義上，自己也根本就是個構裝生物。

克拉斯能夠隱約理解這具魔像的想法：如果要面對所有人的憎惡，面對未來沒有盡頭的晨昏，那麼，只要身邊能有另一個不會死、不會消失的生物在，不論這生物愛他或恨他，他不都再是獨自一人。

思緒恍惚中，克拉斯覺得魔像身上的力量流動變了。他猛地後退，手裡捏緊了另一枚刻有爆燃符文的硬幣。

他發現，魔像被反折過的手臂回復了原位。

麗薩和卡蘿琳出現時，卡爾正在地上哭著爬行。一半是因為痛，一半是因為害怕，他渾身發軟，扶著樹都站不起來，哭得連小獠牙都露出來了。

遠光燈照在他臉上，他瞇起眼，發現光芒中有個金髮女孩正氣勢洶洶地向他走來……這一瞬間，卡爾覺得自己看到了神，他像痛苦的土撥鼠一樣顫抖著伸出手……卡蘿琳用腳撥開他的手，蹲下來把血袋放在他面前。麗薩將遠光調為近光。

「我的光芒……我的聖恩……我尊貴的公主……」血族神志不清地蠕動著。

「快喝掉，站起來！」卡蘿琳揪著他的頭髮，把他的臉按在血袋上，「難道要我把袋子插在你的牙上嗎？」

「溫柔點。」麗薩挑挑眉毛。

金髮女孩站起來，「不擅長。我對誰溫柔過？」

「瑪麗安娜和我。」

「謝謝，我很榮幸？」

當約翰帶著英格力公司的兩位搭檔趕到時，魔像竟然已經死了。

說「死」也許不準確，他本來就不算活物。他永久失去了活動能力和肢體結構，被烈火焚燒得看不出外表，身體分割為好幾塊，頭部受到重擊而碎裂。

約翰目瞪口呆。這只可能是克拉斯做的，可是克拉斯已經不見了。

馬克和阿麗特表示沒關係，反正魔像多半得被處死。約翰把魔像說過的話簡單重複出來，問他們是什麼意思。馬克告訴他，魔像所說「給我生命的、照顧我的、我所愛的」那個人並不是真實的人類，那些都是虛假世界裡的設計生物。

無威脅群體庇護協會

在最初的「設計」裡，某個邪惡的死靈法師製作了擁有靈魂的魔像，然後魔像和死靈師的學徒上演了一齣愛恨糾葛的故事……這些都是被設計好的背景故事。在空間升級轉化為實體沙盤後，這些人物被取消了——徹底不見了，消失得無影無蹤。可是魔像這角色卻沒被修改，他仍保有以前的情感，作為奇幻冒險世界中的怪物獨自生活在森林中。

「真讓人不舒服……」約翰看著那團屍體。

「是啊，」馬克說，「高度貼近人類特徵的造物就是叫人不舒服，我沒見過現實中的魔像，不知道它們是不是也……」

「不，」約翰打斷他的話，語氣冷淡，「我沒說魔像。我說的是英格力公司搞的這沙盤，真叫人不舒服。」

他們沒有再一起行動，而是各自繼續搜索這片虛擬的空間，分散開去尋找其他迷失的人。每隔半天，他們就在空村莊聚集一次，由阿麗特帶領想先出去的人找到裂隙離開，剩下的人繼續搜尋。

就這樣又過了一天半，約翰獨自走在起起伏伏的山區林地中，無意間鑽進一個洞穴。這地方距離曾遭遇魔像的裂谷很近。剛走進洞口，約翰就覺得它可能是魔像的住所。

洞口裡面幾英尺處放著一盞破舊的提燈，石壁上還被鑿出了能安放火把的凹槽。再往裡走，洞室中掛著脫色的羊毛毯，粗糙木料做成的簡易床鋪上鋪著厚厚的被褥，另一間洞室則藏著武器、防寒物品、水桶，甚至角落的木酒杯裡還插著一束枯萎的花。

約翰久久不能移動腳步。眼前的畫面簡陋但帶有生活氣息，這裡是活生生的東西居住的地方。他想到魔像說「很久很久以前，我愛過一個人」，想到魔像被毀滅後化作一堆破爛的亡骸……他無法把這一切當成純粹的虛擬產物。

他伸手扶住石牆，緊緊閉眼再睜開。手心裡傳來異樣的觸感，他這才留意到牆上有某些東西。

血族的視力讓他在黑暗中看到，石壁上刻著密密麻麻的短分隔號，從一間洞室到另一間，幾乎遍布整個洞穴。這是用來計算天數的。

約翰從洞室內沿著痕跡走出去。從某塊區域起，分隔號變得凌亂稀疏，最終消失。也許從那一天開始，魔像再也不去計算天數了。

現在是白天。逆光中，洞口站著一個人。他似乎想走進來但又想後退，塌著肩膀遲疑不決。

「克拉斯。」約翰的聲音在石洞裡微微傳來回聲，克拉斯站在那裡一動也不動。

「他要襲擊我，」克拉斯低聲說，「是真的，他自己修復了手臂，他要襲擊我……」

約翰最關心的不是這個，「你之前在哪裡？一直跟著我們嗎？」在沙盤世界中，他沒辦法感知克拉斯的位置，不過克拉斯倒是挺完美地跟蹤他。

「我知道自己不對勁！」克拉斯突然大聲說，「所以，可能你很難相信……但……是真的，我不得不摧毀他……」

還沒說完，約翰幾乎在一瞬間就走到他面前，將他緊緊抱住，讓他的最後一個單詞悶悶地埋在自己的頸窩裡。

面對魔像的亡骸時，約翰曾感到一陣戰慄。

並不是因為場面本身，而是他發現自己竟然有些畏懼克拉斯，畏懼這三年內他身上的變化，畏懼將來未知的可能性。

此時此刻，這種畏懼化為難以忽視的刺痛，再一次襲向約翰。

他想對克拉斯說：「我知道，你這麼做必定事出有因，我相信你……」可是，他一時竟然說不出來。

他不知道該怎麼辦，只能像這樣先緊緊擁抱住克拉斯。他也不知道從擁抱中得到更多安慰的是誰，是克拉斯還是他。

「你只是想專程解釋這個嗎？」約翰在克拉斯耳邊問。

「對。很重要。」

「克拉斯，我不想欺騙你，」過了片刻，約翰放開他，扶著他的肩，「看到魔像的屍體……或者說碎塊時，我確實很吃驚。但無論出於對你的信任，還是出於理智判斷，我都認為你沒做錯。」

克拉斯輕輕搖頭，「並不是對錯的問題。」

「那又是什麼？」

「我也說不清，」克拉斯嘆氣，「我並不後悔那麼做。可是這之後我又覺得不對勁……也許原本的『德維爾．克拉斯』不是這樣的，和『克拉斯．德夫林』不一樣……」

約翰想說點什麼打斷他，克拉斯伸手阻止，「跟著你們時，我在思考。今天是邪靈、魔像，明天我又會對什麼東西產生果斷的殺意？以前我沒覺得不妥，就好像人沒有尺規就量不出角度；而當我找到你，看到麗薩她們……很多東西再次浮現出來，我突然意識到，雖然我並沒有墜入黑暗，但已經從軌道偏離了出去。現在只是一點點，還不明顯，可是誰都不能保證將來不會偏離得更多。」

「不會的，」約翰說，「我不會讓那種事發生。」

他們沉默著對望了很久，直到約翰說：「今天下午我們要在無人村集合，英格力公司的人會再帶一批生物離開。等一會你過去吧，在今天離開。」

克拉斯抬眼看著他，「當然……天哪，你又用了祈使句。」

「呃，抱歉……」

「沒關係，我本來也願意這麼做。我們確實不能再一起行動，我怕卡蘿琳她們認出我。」

剛要動身，克拉斯瞟了一眼約翰，「你的狀態不怎麼好，我看得出來。」

「哪方面？」

「你很多天沒進食，很虛弱。」

「不要緊，接下來又不怎麼危險，我也很快就會離開的。」

「你不需要嗎？」克拉斯走近他面前，仰起脖子，「你也知道，我的血只要一點點就能帶來很多力量。」

「不……」

「想想我們彼此信任的證明？」克拉斯笑起來，像是非要這樣引誘約翰似的。

約翰也對他露出笑容，毫不示弱地說：「真的這麼想幫助我，就現在閉上眼。」

說完，他貼近，側頭吻住克拉斯的嘴唇。他把克拉斯圈在石壁邊，手掌輕輕固定住「人類」青年的脖子，指腹能夠感覺到皮膚下血管的脈動。克拉斯溫熱的呼吸從約翰的面頰上掃過，破碎的換氣聲和心跳聲在血族聽覺中異常明顯。

嘴唇分開時，約翰輕啄了一下克拉斯的嘴角。能夠像現在這樣順其自然地接吻，對以前的他來說簡直不敢想像。他表面鎮定，心裡的興奮幾乎比飢餓還要強烈。

「你以前吻過別的吸血鬼嗎？」約翰問。

「什麼？」克拉斯故意做出驚訝的表情，「我有過妻子，離過婚，你說呢？」

「不不不，史密斯不算，我是指……吸血鬼。」

克拉斯這次真的不明白了，「有區別嗎？」

「有，」約翰說，「剛才，你舔我獠牙附近的牙床！你肯定是故意的。」

克拉斯微微低頭，把手圈成拳壓在唇邊，「那個啊，只是突發奇想。因為上次在無人村……屋子外面，你吻我時用獠牙輕咬我的舌頭，有點奇妙……」

約翰觀察著他，「你的耳朵都發紅了……」

「喔，是，那又怎麼樣，」克拉斯離開石壁，退遠一步，「你也是。你以為血族完全不會臉紅嗎？」

「難道不是嗎？我們會嗎？」

「會，」克拉斯說，「別忘了，血族的身體裡是有血液在流淌的，只是它們並非被心臟催動，而是被靈魂催動，又慢，又被不死氣息覆蓋著。你們在情緒激動時會出現和人類類似的面部充血，只不過一般人根本看不出來。在真知者之眼下，它清晰可見。」

「等等……那剛才我的臉看上去是什麼樣？」約翰叫住準備離開的克拉斯，「難道它發黑嗎？」

「你想聽嗎？」

「想，你得說真話。」

好吧，再一個祈使句，克拉斯想。不過反正他也不在乎，「你知道的，平時血族在我眼裡有點像屍體，你們發青；而你們激動時就比發青好上一點，像剛死沒多久的屍體。」

克拉斯離開時，約翰腦子裡沒來由地冒出一句話：「為了你，我真想時刻保持情緒激動。」他對克拉斯說，「幾天後見」，並開始期待克拉斯回家時的清晨。

至於魔像究竟是不是襲擊了克拉斯，約翰不願意繼續想下去。一切已經過去了，他害怕去思考。

當「設計生物」的數量少到一定程度，沙盤空間開始加速塌縮。所有人都離開後，荒郊的廢棄機構回復了本來的模樣，培養池只是一間空蕩蕩的舊廠房。

克拉斯不敢多說話，只好一直做出冷漠寡語、目光輕蔑的模樣來。他怕自己的肢體語言被識破，特意經常做以前自己不會做的事：掏出鋼制小扁瓶，做出喝酒的樣子來。瓶裡裝著的是蘋果汁。

和其他遊騎兵獵人一樣，回到真實世界後，他立刻消失在所有人的視線裡。麗薩和卡蘿琳忙著照顧卡爾，完全沒去留意他。

這次最幸運的人是洛山達。他和約翰、卡爾一樣誤入沙盤空間，幾天的時間全都浪費在迷路上。他什麼危險都沒遇到，一路都在不停地拿手機拍照片，直到空間塌縮，他還篤信自己是被傳送到了紐西蘭。

Unthreatening Creature Protection Association

Chapter 23

漸進的目光

回到西灣市郊區的房子裡，約翰毫不疲憊，甚至有點熱血沸騰——當然這對血族來說是不可能的。他換上家居服，從壁櫥裡翻出各種清潔用具，開始清潔收拾整幢房子，尤其是克拉斯的臥室。

剛開始獨自留在這裡時，約翰不敢靠近那房間，倒不是說它有什麼祕密，只是約翰一看到它就不舒服。

「打掃已經沒人住的房間」聽起來非常奇怪，很像那種悲劇情節：家人去世，其他家庭成員仍然按時清掃他的房間，就像他從未離開什麼的……約翰一直堅信克拉斯沒事，他不想把生活搞得這麼悲悲戚戚。

克拉斯的母親戴文妮（或許該叫她米拉）早就離開西灣市了，她得飛回美國，協會鹽湖城辦公區還需要對她進行一系列審訊和調查。臨走前她才知道約翰住在那座老房子裡，她給約翰的建議是：「別找藉口說什麼『顯得太悲觀』，你就是懶而已；至少你得買防塵布吧？最好再把克拉斯的所有衣櫥書櫃都定期塞上樟腦，不然會長蟲的。」

約翰認真地向她道歉，他是和克拉斯的家庭無關的人，現在卻住在這幢房子裡。

戴文妮笑著說：「沒關係，房子需要人維護，你們的救助對象需要借住地點，而且克拉斯也需要有人等他回來。」

這些天，約翰常常一邊在午夜擦玻璃一邊哼歌，每個清晨他都期待有人按響門鈴。他無法和任何人分享這份期待，因為克拉斯的再次出現是個祕密，克拉斯必須永遠隱藏身分。

在沙盤空間裡，克拉斯說自己現在不吃喝同樣能活下去，吃了東西則也能像以前一樣消化，出於習慣，他偶爾還是會吃。於是，約翰專門去買了一堆加工食品和零食。房子二樓常有救助對象借宿，所以即使他身為血族卻去購買食物也並不奇怪。

現在，二樓住了一家烏拉爾山熊人。熊人父親和熊人母親多年前一起來到西灣市工作，現在他們帶著一兒一女準備舉家遷回故鄉。他們的合法身分已經失效了，等待新證件時先借宿在這裡。

四隻熊人在屋裡不需要任何掩飾，可以不用偽裝成人類，大大方方地露出棕熊的本來面目。他們四個站成一排時身高正好形成斜線：爸爸、媽媽、哥哥、妹妹，每天約翰回到家時，四隻熊都這樣站起來歡迎他。

「這袋零食是給你們的，櫃子裡這袋不許動，」約翰交代他們，「有個……剛認識的朋友，他這些天要來拜訪我。你們不用擔心，他了解我的工作，不會被你們嚇到。我唯一的要求是，你們得主動一點收拾垃圾，不要把殘渣弄得滿地毯都是！你們住進來不到兩週，屋裡的蟑螂簡直天天都過狂歡節。」

「啊，朋友，朋友很好，」熊爸爸翻著屬於自己的那份食物，「我們也愛招待朋友，你的朋友就是我們的朋友。不如來開個派對吧！約翰，咱們再去買點伏特加？」

「並不需要伏特加……」

「歡迎朋友怎麼能沒有酒？而且你怎麼喝也喝不醉，怕什麼？」

「我們都不喝酒，謝謝，那只是你的個人愛好。我真的不能給你酒，在這個屋子裡不能。等你上飛機離開後就沒人管你了。」

「不，有人管他。」熊媽媽用屁股撞了一下她的丈夫。

今晚約翰很忙，他放下東西後要再趕回協會交報告，然後把僵屍小姐阿黛爾的新塑身衣送到墓地去。以前阿黛爾只相信克拉斯，只願意被克拉斯看到樣貌，經過數次交流，現在她也同樣信任約翰。

阿黛爾從墳墓爬出來，在約翰的幫助下穿好新塑身衣，並把自己做的一盒子手工戒指交給約翰，讓他帶去協會。同為不死生物，約翰和阿黛爾有時會交流一些避世的小竅門，聊夜晚的美景，聊克拉斯。

不只阿黛爾，很多生物都曾向約翰詢問過克拉斯的下落。比如約瑟夫老爺，自從克拉斯失蹤，牠自稱因憂鬱而連貓罐頭都覺得不香，瘦了一公斤；還有迷誘怪法爾夫婦，她們倆旅行回來後再也見不到克拉斯了，正在傷心之餘，卻看到推特上「殺妻的當代藍鬍子被命運懲罰」這樣的說法，於是她們全身心投入到與發文者的互相嘲諷中，在網路上為維護克拉斯的名譽奮戰至今。

克拉斯可能要回來了，可是約翰不能讓他們知道。雖然可惜，他心中卻升起一種自豪感：比起什麼刻印、締約，這種「只有彼此知道」的事似乎更說明他們對對方而言有多特別。

離開墓地返回的路上，約翰感覺到了克拉斯。刻印帶來的效果——在一定的範圍內，約翰可以感知到克拉斯的大概位置和生命狀態。他心情愉快，不由得加大了油門。從大致距離來看，克拉斯現在在西灣市的另一側，並未進入市區，也在向老房子移動。他大概得繞個很大的彎。

約翰比克拉斯更早到達。停好車，確認熊人一家都在夢鄉裡後，他走出來站在屋外的石階下。現在是凌晨，他面朝克拉斯可能會來的方向，能夠感覺到他們之間的距離越來越近，克拉斯的氣息越來越清晰。

大約快一個小時後，一輛小小的車子出現在公路遠處，是輛老款的淺黃色迷你轎車，和豆豆先生[8]開的那臺差不多。它行駛得很慢，還一顫一顫。約翰能清晰地感覺到克拉斯就在那輛車上，不過克拉斯以前不會開車，難道三年內他學會了？

再近一點，約翰才發現開車的是個穿白衣服的女性，克拉斯坐在副駕駛位置。這個發現讓約翰一陣無力，連站姿都鬆垮了好多，他還以為克拉斯會一個人來。

小車停下，克拉斯走下來，直接給了路旁的約翰一個擁抱。約翰有點僵硬，如果不是因為車子裡還有一個人，他會更熱情地回抱過去，可是現在……他只能友好地拍拍克拉斯的背。

「記得達爾林鎮嗎？」這是克拉斯見面的第一句話。

「不記得……」約翰說。

「就是我在沙盤空間裡提過的那個。我說過，我從沙盤離開後會先去一趟達爾林

8 豆豆先生（Mr. Bean），廣受歡迎的英國電視喜劇，後改編成經典卡通。

鎮，然後來找你，因為達爾林鎮有些事需要協會介入。」

約翰點點頭。他倒是記得，但他一點都不想聊這個。不，哪怕只是晚點再聊也行……

淺黃色小轎車裡的人喊了句：「我要把車停在哪？」克拉斯指了個地方，顫悠悠的小轎車從斜坡繞過臺階，向房子側後方的車庫去了。

克拉斯回過頭看著約翰，「對了，有件事我想確認一下。」

「什麼？」

「從三年前開始，以及前些天在沙盤中，」克拉斯把掃在眼睛附近的頭髮向後攏了攏，他的髮型有點亂，現在基本等於沒有髮型，「從發生的……種種情況看，我們好像已經不是搭檔關係了，但又不是朋友這麼簡單，你覺得……」

「我也想過這些，」約翰低頭看著地面，開誠布公地談「關係」總是比實際行動還令人難為情，「我思考過，你能不能接受吸血鬼？我覺得你可以，你連變形怪都接受過。我還想過，你能不能接受一個男性？似乎你也可以，你還和變形怪登記過民事伴侶呢。」

克拉斯愣了一下，「所以你的結論是？」

約翰左右看了看。凌晨，安靜的道路旁，屋裡有一家熊人，屋後有個不知是什麼的生物在停車。此時此刻，實在不是談心的好時機，環境不浪漫，氣氛也太普通。

可是他仍然說了出來。這是他三年前就明白的事，只是到現在才直接說出來而已：

「我想……大概我愛你？而且似乎你也能接受這件事吧？」

這次克拉斯愣了好幾秒，目光遊移了很久，慢慢擠出一句話：「……為什麼你要用疑問句？」

約翰認真地說：「我怕因為語法問題，讓普通陳述變成對你的命令。」

「好吧，謝謝你的體貼，」克拉斯走近，「你全說對了。不過我得補充幾個細節。」

「什麼細節？」

「第一，你不用思考我能不能接受血族。你都能接受『魔鬼的碎片』，我為什麼不能接受血族。第二……別總拿我的前妻舉例好嗎？」

克拉斯停下來想了想，又說：「還有，我對你有些歉意。」

「關於哪方面？」約翰問。

克拉斯說：「我不會是個好的愛人。比如，一般人在一起後，他們可能去劇院約會，耶誕節一起拆禮物，和同事們坦白關係接受祝福……這一切我都做不了。甚至，我也不知道未來能不能，也許我們永遠不能……」

「沒關係，我有很多時間。現在你也有。」

約翰微笑著捧住克拉斯的臉，他們彼此靠近，輕輕閉上眼。鼻頭皮膚剛剛輕觸在一起時，車庫傳來一聲巨響。

「天哪，我該叫你去幫他倒車入庫。」克拉斯轉身跑上樓梯。

「什麼？」約翰追上去，「你說『他』？開車的那是男的？」

「你竟然不先關心他撞到了什麼嗎？車庫裡那輛斯柯達你可是開了好幾年呢！」

我比較關心好不容易出現的罕見氣氛被停車事故打斷……約翰在心裡嘀咕著。克拉斯停下腳步，從臺階上回過身，匆忙但用力地吻了一下約翰的嘴唇。約翰的滿腹抱怨在一秒之間煙消雲散。

幸好淺黃色小轎車撞到的不是斯柯達，而是牆邊的置物架。車裡的人走下來不停道歉，約翰則負責把車停正。看得出來這輛小車非常古老，引擎聲慘不忍聞，車身到處吱呀作響，讓人聯想起地堡的羅素先生。

開車的是個身穿白色短布袍、一頭及踝銀白色長髮的少年。他的身形纖細，五官精緻，皮膚白皙，說起話來也是未變聲之前的青嫩嗓音，遠遠看去更像個少女。

「謝謝。您可以叫我裘瑟，」少年對約翰行了個禮，鞠躬，雙手交疊在胸前，像是非常古老的禮節，「這是個世俗名，我的本名恕不能告知。簡單來說，我需要幫助，原本我想請獵人先生幫忙，但他說我的身分特殊，最好在協會備案一下，而且他說您能提供更好的幫助。」少年所說的「獵人」指的是克拉斯。

「請問，你是個……？」約翰打開門，三個人走進去，二樓傳來四隻熊酣睡的呼嚕聲。

「他是神。」克拉斯替裘瑟回答。

「是什麼？」

「神，」克拉斯說，「我說的不是宗教的那種『神』，而是山林之靈。」

約翰知道山林之靈。古時候人們所敬拜的神明基本上都屬於山林之靈。他們是幾千年前的古老種族，和元素生物、精靈血脈均有聯繫，同源不同科，就像是猛獁象和現代大象的關係。

山林之靈數量稀少，生命綿長，有天生的魔法力量，能夠保護水土、賦予其他生物神奇的力量。所以，從前山林之靈幾乎就是神。

「我有兩件事要麻煩你們，」坐下後，裘瑟的銀髮鋪散在沙發和地毯上，「我在幾百年前遊歷到達爾林鎮那一帶，當然那時還沒有達爾林鎮。我被當地的同胞打敗，不得不簽下了千年的契約一直留在那裡，為那塊土地服務，就像……不平等的勞動契約一樣。從那時起，我的生活中心是達爾林鎮外的某棵古樹，活動範圍大約最遠能到西灣市郊區，也就是這一帶。」

約翰默默感嘆著：這位打扮得像遠古神話人物，連褲子和鞋都不穿，但是竟然知道勞動契約，還會開車……

「現在，當初束縛我的人不見了，」裘瑟撩起袍子，他的大腿上有個金色的魔法符文，「誰知道他去了哪裡，我連他是什麼地方來的都不記得，大概要嘛他早就忘了那件事，要嘛已經死了。總之，契約已經到期了，我卻不能恢復自由，除非有人幫我去除這個印記。」

「我打算幫他去除印記，」克拉斯說，「其實很多人都能做到。在古代不行，現代驅魔師們反倒容易做到。」

「這是為什麼？」約翰問。

「施展和解除都需要一些比較特殊的材料。從前它們很難煉製，而現在的化學技術讓驅魔師們能直接找到現成的原料。」

克拉斯從旁邊的書架拿下來幾個盒子，裡面是些施法器械（約翰從來不知道這些是什麼）。他準備上樓去拿更多，「書房裡還有其他材料。等我一下。」

裘瑟感謝地看著他。克拉斯上去後，約翰又問這位小神：「那麼，聽你的意思是，還有一件事需要協會幫忙？除了解除印記之外。」

約翰邊詢問邊遞給裘瑟一張表格，叫他填寫。第一次走進這間屋子時，約翰自己也寫過，協會人員會要求能接觸到的所有超自然生物填寫基本表格。裘瑟接過紙筆，「是的，還有一件有點尷尬的事。因為我常年在達爾林鎮，也曾經用力量保佑水土、回應祈禱，所以……鎮上已經形成了……以我為核心的信仰。」

約翰努力忍著笑，「這不是挺好的嗎？」

「不，不好。我的信徒們現在已經發展成了一個邪教！他們靠這個賺錢，自稱大祭司的傢伙還打著我的旗號勾引年輕的男人和女人上床。」

約翰這次真的再也忍不住了，低頭笑得直發抖。一個來自至少一千年前的小神，來檢舉自己的信徒搞了邪教……

「抱歉，我不是故意要笑，只是有點意外，」約翰說，「既然你都打算解除印記離開了，人類的『邪教』也就無所謂了吧。這種事不歸協會管，應該找人類警察。」

克拉斯正好拿著東西從三樓走下來，他解釋說：「不，人類警察管不了。我曾經遠遠看了一眼那位『宗教領袖』，他並不是人類。」

清晨太陽剛升起來時，克拉斯家裡還在進行關於達爾林鎮的討論。與此同時，在私人研究所裡，路希恩剛剛走出實驗室。他和助手都帶著黑眼圈，正在喝二十四小時內的不知道第幾杯咖啡。

早餐後，助手們紛紛準備下班。路希恩還在對著電腦螢幕閱覽資料，不時皺眉。這三年內，除了正常的講學、研究之外，他利用黑月家的資源，利用身為法術研究者積累下來的人脈，幾乎將業餘時間都用來找克拉斯。

有時路希恩懷疑麗薩會故意隱瞞。其實，他有辦法知道她是否說了實話，但他不想這麼做。麗薩現在就在研究所外。她叫卡蘿琳在車子裡等，獨自進來找路希恩。從監視畫面看到她時，路希恩煩惱地按了按眉心。他知道麗薩為什麼要來。

「你派人跟蹤我？」麗薩走進來，用力甩門，發出一聲巨響。

路希恩慢條斯理地攪著咖啡，「麗茨貝絲，妳和卡蘿琳小姐相處得太久了，現在妳也變得越來越沒有教養。母親的生日快要到了，塞伊和愛瑪準備了規模很大的聚會，希望那時妳的舉止別嚇到他們。」

塞伊是黑月家第二個孩子，愛瑪是塞伊的妻子。他們夫婦比起研究者更近普通商人，塞伊也是黑月家的三個孩子中最早組建小家庭的。

麗薩現在並不想聊聚會，「我再沒教養也比塞伊和愛瑪強，塞伊還在家隨手彈煙灰呢。別管他們，我來這裡是想說，讓那些每天偷偷摸摸跟在我身後的人離開吧，一點意義都沒有。你覺得跟蹤我就能找到德維爾．克拉斯嗎？」

「當然不，」路希恩說，「第一，我時刻留意的不僅是妳，還有其他人；第二，我只是偶爾查看妳的情況，並沒有每天都在監視妳；第三，我想找到克拉斯，而妳和妳的同事都不積極，也許某天他會出現在你們的視野裡，可妳卻不一定會告訴我，為了避免這情況發生，我才在必要時讓一些助手留意妳。放心吧，我不會干涉妳做任何事，而且我也干涉不了妳。」

麗薩越發覺得和路希恩說話很累。路希恩總是那副「我知道妳不高興，但我就要這麼做，我禮貌地告訴妳我非要這麼做不可」的態度。

她雙手撐住桌子，「路希恩，你認為我會隱瞞克拉斯的行蹤？」

「難道妳不會嗎？」

「當然不會，」麗薩說，「我清楚幽暗生物有多危險，如果我見到了他，我會告訴協會的。」

「但妳不會第一個告訴我，」路希恩摘下眼鏡擦拭著，「這幾年，協會對找克拉斯一點都不積極，簡直是在應付了事。我知道你們的想法，你們把他當生死相交的朋友，你們不忍心對他太殘忍……我也並不仇恨他，我只是出於理智做我判斷該做的事。我改變不了你們的想法，於是只能自己想辦法。」

「如果找到他，你又要怎麼做？」

「不怎麼做。我會盡一切努力讓他配合研究。」

「即使他什麼都沒做錯？」麗薩問，「即使這些年裡他沒做任何危險的事，沒有傷害任何人，僅僅是像普通人一樣生活？路希恩，世界各地的辦公區都嚴格監視著超自然事件的動向，這些年，沒有任何可能是魔鬼所為的案件發生。這說明克拉斯並沒有變。」

路希恩重新戴回眼鏡，皺眉看著麗薩，彷彿在譴責她邏輯不清，「妳認為我這裡是法院嗎？不，我僅僅是要找他而已，又不是要審判他，這和他做沒做過壞事有關係嗎？」

「那麼你為什麼熱衷於研究魔鬼碎片？」麗薩心裡還憋著下半句話：「這樣和奧術祕盟有什麼區別？」不過她忍住了，沒有說出來。

路希恩回答：「黑月家從古至今都是這樣，研究的又不僅僅是針對魔鬼碎片。我們的血脈傳承至今，每一代都通過自身的努力積累下無數知識，現在我也會做同樣的事，盡可能多地取得成果，讓它流傳下去。」

「可是這不一樣，」麗薩說，「你所執著的事會傷害其他人。你不要說『克拉斯不是人類』，我是協會的工作人員，我每天都接觸超自然生物，我不覺得他們有什麼不一樣。」

路希恩低下頭。杯子裡的咖啡已經完全冷掉了，他仍在輕輕攪拌它。

「麗茨貝絲，難道妳想不到另一個原因嗎？」路希恩的聲調比平時更低，「妳和卡蘿琳相處得久了，就也變得愛大呼小叫；妳在協會工作久了，就總是留意無關的事情，忘記了黑月家最害怕的是什麼。」

麗薩對上他的目光，「你是說……」

「別忘了我們的祖宅地下埋著什麼。」

黑月家的成員都知道，祖先將最後一個魔鬼作為祭品，換來了家族繁盛。獻祭術會把祭品的詛咒化為對血脈的庇佑，只要家族中還有一個血脈相連者活著，祭品就永遠是祭品，不能逃離；而一旦家族成員全部死去，當年被埋葬的祭品就會獲得更大的力量，再臨於世。

三年前麗薩目睹過阿特伍德家發生的事，死者的靈魂化為邪靈，吞噬生命並向外蔓延。

麗薩遲疑地問：「你是覺得『它』有可能重獲自由嗎？」

路希恩搖頭，「現在當然不會，但誰都不能保證永遠不會。誰能想像未來會發生什麼？以前人們還以為魔鬼徹底滅絕了呢，可是克拉斯出現了，一個被當作人類養大的魔鬼……世事無絕對，如果在未來的某一天，因為各種各樣的原因，作為祭品的魔鬼真的自由了，那時的人們要怎麼對付它？」

「如果那個魔鬼自由了，那時黑月家的成員一定也已經都不在人世了。」

「對。我們不希望這種事發生，但必須為此做好準備，」路希恩說，「就算未來某一天黑月家不復存在，我們留下的知識卻還在。那時不管是誰，總有人會找到它們、使用它們。現在，克拉斯是我們研究魔鬼的最好途徑，他一定能夠提供給我們無數啟示，甚至還會帶來意想不到的進展。知識與魔法的積累就像層積岩，我只是想在屬於自己的這一層留下足夠的資訊，交予整個世界。」

麗薩站在長兄的辦公桌前，目光有些恍惚。她仍然將克拉斯視為朋友，同時她也明白，他是這世上最危險的東西之一。她仍不希望路希恩找到克拉斯，不希望克拉斯過那種實驗品般的日子，可是……她又無法反駁路希恩的話。

如果說用魔鬼獻祭換得繁榮是祖先留下的罪惡，那麼今天，研究魔鬼不僅僅是黑月家的興趣，更是責任。

麗薩長嘆一口氣，「我都偏離主題了……我不是來聊魔鬼的。」

「那妳是來聊什麼的？」

「跟蹤！」麗薩強調，「不要再派人跟蹤我。」

路希恩無辜地聳聳肩，「只是偶爾監視，不是全天跟蹤。我持續派人觀察著很多人，不只妳一個。」

研究所外的卡蘿琳等得著急了，打來電話催促，她們下午還有案子要調查。麗薩不得不結束和路希恩的交談。她在心裡暗暗感慨：我早該知道誰都沒法說服路希恩，他的正職是個大學老師，整天都面對像我一樣滿腹質疑的年輕人，他最擅長說服我們了！

麗薩離開後，路希恩的女助手從另一間房間鑽出來。她本來早就該走了，隔著門聽到黑月家兄妹的對話，她擔心尷尬，就一直躲著沒出來。

在她準備下樓時，路希恩卻叫住了她，「夏洛特，妳可以留下嗎？妳可以用樓下的客房先休息。」

夏洛特是在路希恩身邊最久的助手之一，對克拉斯進行法術檢定與實驗時就是她在幫忙。她點點頭，「當然可以，那麼我就先去樓下。先生，需要我幫忙準備什麼東西嗎？」

「暫時不用，」路希恩站起來，為她拉開門，「等會有個線人要親自來找我，我可能需要妳幫些忙。他幾小時後才到，妳先去休息吧。需要時我會提前叫妳。」

夏洛特離開後，路希恩回到電腦前。他昨天收到一封新郵件。

寄件者來自與黑月家有來往的公司——前英格力醫藥公司，他是沙盤空間的細節構築師。路希恩記得他叫馬克。馬克說自己可能見到了路希恩想找的人，但又不能確定。他會趕到研究所來面談具體細節。

以前路希恩找到過好幾個「黑髮、三十歲上下、名字或姓氏發音類似『克拉斯』」的男性，那些都不是他要找的人。這次也許有點不一樣，因為馬克在郵件中說，那個人和約翰．洛克蘭迪發生了互動。

淺黃色的迷你轎車是兩人座的，而且車窗上沒有遮光塗層。於是，白天時約翰只能把自己整個包裹在遮光毯裡，像毛毛蟲一樣橫在座椅後方。

山林之靈裘瑟依舊負責開車，克拉斯則負責說明達爾林鎮上那位邪教祭司的情況。

「我當時只匆匆看了一眼，」克拉斯說，「初步判斷，他不是人類，是個我們曾經對付過的東西。」

「變形怪嗎？」約翰在毯子裡悶悶地問。

「我們沒有『對付』過變形怪，只是認識變形怪而已，」克拉斯說，「那位祭司是個因裘巴斯，男魅魔。」

「又是個強姦犯？」

「嗯，不過這位更聰明。通常女魅魔擅長引誘獵物，男魅魔會對人直接來硬的。達爾林鎮的『祭司』應該在人類社會生活了很久，他顯然比他的同胞更狡詐，懂得用幻術欺騙別人，他似乎能讓那些人自願和他上床。」

這時，裘瑟插嘴說：「我聽說用誘騙手段也算強姦？」

約翰想了想，「看情況……有時候確實是，也有時頂多算欺詐。」

銀髮的小神把車開得很慢，皺著眉一臉不快，「他打著我的名義收錢，販賣各種植物說能治療疾病……確實也是能，因為我被印記束縛時不得不經常對那片土地施法；他和信徒上床時，說是履行我的意志，說我也參與了他們的行為！簡直不能忍受！」

「呃，你為什麼不阻止他？」約翰問。

「我不能去那麼做，」裘瑟嘆氣，「山林之靈們擅長祝禱豐饒，擅長為貧瘠的土地注入活力等等，我們不喜歡暴力行為。所以，在與黑暗生物產生糾紛時，我們往往難以取得優勢……」

「簡單說就是，你打不過魅魔？」

裘瑟頓了幾秒，「……是的。」

達爾林鎮屬於協會西灣市辦公區負責範圍，很近，從克拉斯家出發，開車只用不到一小時。鎮外路旁的標誌牌寫著「歡迎來到達爾林」，牌子的設計風格基本上是在抄襲《沉默之丘》，讓人不由懷疑這裡的居民究竟是怎麼定位小鎮形象的。

約翰他們並不是唯一的外來客。鎮裡到處都是慕名而來的遊客，或者說信徒，甚至有不少人開車舉家趕來。小神裘瑟介紹說，「大祭司」能夠借助神靈的力量幫人治癒失眠、消除過敏、祛除疤痕，信徒可以到「大祭司」指定的土地去耕種，產生的作物也帶有各種神奇效果。

他們把車停在不顯眼的地方。裘瑟在普通人面前通常會隱去身形，他不想被人看到，更不想有人發現一輛「無人駕駛」的小車停進報廢車廠。

現在還是白天，雖然陽光不會立刻殺死約翰，但仍會使他痛苦。克拉斯叫他乾脆留在車裡，包上毯子休息，自己和裘瑟先去看看鎮裡的情況。畢竟「大祭司」的每次公開治療和布教都是在晚上，白天人們很難見到他。

克拉斯離開前，約翰問：「你確定安全嗎？」

「怎麼會不安全？」克拉斯反問。

「我還以為這裡是安靜的小鎮，」約翰說，「沒想到有這麼多人，廣場和鎮外草坪邊都是車，街道上到處有『凱爾特治癒之手』的宣傳，旅舍裡住滿了人……我是說，這裡對你而言安全嗎？你身上有幻術，但據我所知它並不是永久的，每天總有失效的時候。我擔心有人發現你。」

克拉斯有點意外，「真沒想到，你竟然記住了這個幻術的效果。一定是因為你負責幫僵屍阿黛爾塗幻術藥水，所以對這些更了解了？」

約翰在毯子裡點點頭，透過一條縫看著克拉斯，等待答案。

克拉斯說：「我一般在清晨對自己施法，能保持十幾個小時，一直到晚上。只要我注意時間，應該沒什麼問題。」

「裘瑟呢？」約翰看了看已經在車外的小神，「他見過你的真實長相嗎？」

「他見到也沒關係，因為我的身體仍是人類。」

約翰不太明白，於是克拉斯補充說：「山林之靈只能分辨同類、深淵生物、不死生物和元素生物的長相。人類在他們眼裡只有兩種：男的，或者女的。他們完全分不出人類的五官特徵，只能通過穿著和髮型來辨別。」

除了約翰和克拉斯外，鎮上的其他人即使路過也無法看到裘瑟，不然早就該有人大呼小叫了。裘瑟正站在陽光下，雪白的手臂和腿露出短袍外，銀色長髮閃耀著水晶般的光彩，掃過腳邊的草葉。他看上去有點像《凱爾經的祕密》[9]裡面的叢林少女，只不過性別不同。怪不得從前只是偶爾露了一面，就讓信徒們相信這是一位真正的神。

上次裘瑟在人類面前現身就在不久前，「大祭司」在廣場上施法，導致裘瑟經過時顯露出身形。之後，「大祭司」以裘瑟為招牌吸引信眾，虛構出的宗教叫「凱爾特治癒

9《凱爾經的祕密》（The Secret of Kells），一部愛爾蘭、法國及比利時三國聯合出品的奇幻動畫。

之手」。

「去他的『凱爾特治癒之手』，」裘瑟抱怨著，「追根溯源，我是來自斯拉夫民族的，怎麼就變成凱爾特了！」

離開報廢車廠後，克拉斯本想去看看「大祭司」住的地方，上次經過小鎮時沒來得及去看。裘瑟說「大祭司」根本沒有固定居所，他要嘛待在「神堂」裡（是倉庫改造的，現在它看上去還是很像倉庫，在「治癒之手」的教義下，建築內部到處堆滿各種農作物），要嘛輪流住在幾位信徒家，流連於複數的情人之間。這些人被他的魅力吸引，竟然沒有一個人提出質疑。

克拉斯遠遠看著神堂。「治癒之手」的志願工作人員正在引導信眾排隊領號碼，晚上活動時要用到。

「看來是深淵種魅魔，」克拉斯小聲對裘瑟說，並同時把看到的事情通過手機告訴約翰，「他受歡迎並不僅是因為長得好看。這是惑控法術，只要定期施法，他就能讓人對他著迷不已，無條件地相信他。」

「他能控制這麼多人？」約翰回覆簡訊說。

「不，他不需要控制所有人。對他著迷的人會拚命替他宣傳，而且『治癒之手』借著裘瑟的庇佑，確實能做到些神奇的事。一傳十十傳百，相信他們的人就越來越多。」

「我懂了。那麼你怎麼確信他是深淵種？」

「在惡魔中，魅魔算是比較弱小的，人間種魅魔就更弱小。他們不擅長法術，甚至不擅長用幻術偽裝自己，只是些簡單粗暴的強姦犯。而深淵種就不同了，深淵種更狡猾，通常還懂一些血脈法術。」

約翰裹在遮光毯裡按手機，「我很好奇，這位宗教首領和洛山達遇上，誰能打贏？」

克拉斯回答：「想像不出。如果比賽山道摩托車，洛山達能贏。」

裘瑟回頭看看他，「你們倆……至於這麼黏膩嗎？」

「黏膩？」克拉斯把手機收好。

「剛分開沒幾分鐘，就不停傳簡訊，新婚夫妻都還懂給對方留點私人時間呢。」

克拉斯笑著搖搖頭，走向倉庫改造的神堂，裝作外地來的信徒去領號碼。他試著與工作人員談話，負責發號碼的是個胖胖的中年女人，她的目光閃閃發亮，臉蛋紅撲撲的，充滿對「治癒之手」的感激與熱情。

她為克拉斯講解晚上神堂聚會的性質、規矩，還主動介紹鎮上哪家旅館比較舒適。不僅如此，她還拿出一大盤插著籤子的新鮮切塊蔬果，邀請克拉斯品嘗，據說吃一小口就會身心舒暢。

裘瑟就站在克拉斯身邊，普通人看不見。他悄悄告訴克拉斯哪個可以吃、哪個被做過手腳（據說原理類似興奮劑）所以不能吃。

一老一少兩個男人走過來，他們站在克拉斯身邊，聽著中年女人喋喋不休時，他們彼此偶爾低聲私語。克拉斯暗暗想：這兩個人偽裝得太差勁了，詢問時態度太敷衍，問的問題也和一般信徒不同，他們要嘛是宗教觀察員，要麼是其他地方的驅魔師或獵人，推測也是覺得「治癒之手」很可疑才跑到這裡來的。

剛想對身邊的裘瑟使個眼色，一回頭，裘瑟不見了。克拉斯四下張望好久，才發現他竟然在幾米外的一棵樹上，整個人藏在樹冠裡，銀髮和透出葉片間的光點融為一體。

一個聲音突然響起在身後，「怎麼樣，還喜歡水果的味道嗎？」

聲音低沉富有磁性，口音古老，語氣溫柔得像在和人調情。克拉斯和另外兩個人同時回頭，一個身穿棉麻制白長袍的男人對他們微笑著，他的長袍就像神父服裝的白布版本，只有薄薄一層，柔軟布料下流暢強壯的肌肉線條非常明顯。

克拉斯能夠看到他的本來面目，顯然，這就是所謂的祭司，一個深淵種男魅魔。

在普通人看來，他是個留著亞麻色半長髮的男人，大約三十多歲，藍眼深邃迷人；而在克拉斯的真知者之眼中，他雖然相貌英俊，但卻有著灰色的皮膚，說話時唇邊會露出深紅色的舌頭——比人類的起碼長一倍，手指也比人類要多一個指節。與人間種魅魔不同，他的額角上還有半退化的短角。

最糟糕的是這傢伙身後……他有條尾巴，很多惡魔都有，原本這不稀奇，但他的尾巴在最末端分成了幾英寸長的兩頭，顏色從灰過渡到紅，像舌頭一樣蠕動著。

克拉斯暗暗感慨：感謝諸神，至少每次看到他時，他都穿著真正的、布制的衣服，而不是魔法幻術幻化的衣服，所以我不必看到他的下半身……天知道那會是多麼喪心病狂的形態。

魅魔宗教領袖叫麥克唐納，信徒們都是這麼叫他的。克拉斯覺得這名字念起來像麥當勞。毫無疑問，麥克唐納非常有魅力，他吸引人們的視線，令相信他的人更加崇拜他，令不了解他的人忍不住要多關注他。而這一切都源於深淵魅魔的血統，他們本來就是會莫名其妙地吸引人的種族。

他對教派裡的工作人員微笑時，那些人紛紛露出「看到漢堡肉烤得六七分熟且上面的碎起司溶了進去」般的表情，充滿喜悅期盼。當他注視陌生人，向他們投以熱忱真誠的目光，那些人總是難以自控地回望他，同時又變得羞澀笨拙。

克拉斯的表現也差不多。他的目光一直停留在麥克唐納身上，試著從角的長度觀察魅魔的世代，從幻術的穩定程度推測其施法能力的強弱……這種打量，在麥克唐納眼裡完全是另一種解讀，他習慣被人們憧憬地注視著。

麥克唐納彬彬有禮地和陌生人們打招呼，輪流擁抱他們。那兩個一老一少的男人都姓彼德，據說是對父子，想來治療父親身上的頑疾。發號碼牌的女人對克拉斯說：「像這樣就太急功近利了，要懷著單純的信念才能達到人與治癒之手的統一和諧，才能……」

克拉斯沒仔細聽後面的話，他觀察著「彼德父子」，再一次感嘆：裝得實在是太假了，他們長得完全不像，甚至說話的口音都不同，也只有年齡差距像父子。現在克拉斯能確定，他們不是政府人士，而是獵人。年輕的那個看起來實在是太緊張了，顯然，他們沒有接受過這方面的訓練，不擅長隱藏身分。而且他們在與人談話時總是特別在意「這裡是否真的有超自然現象」，這不像信徒，也不是公職人員該關注的事。

不僅如此，克拉斯隱約感覺到，魅魔也發現了這一點。魅魔看彼德父子時的眼神和看其他信徒、遊客時不一樣。在人類社會行騙多年，麥克唐納很狡猾，發現拙劣的謊言對他來說並不難。

懷著擔憂，克拉斯裝作參觀走遠，去尋找躲起來的小神裘瑟，還得把剛才看到的告訴約翰。他在鎮裡轉了好幾圈，往偏僻處尋找，找了很久才找到裘瑟。

銀髮的小神在一家門面很小的衣飾店裡，對著一面落地鏡，正在掀開短袍，觀察自己的大腿。他本來就幾乎沒穿什麼衣服（白短袍幾乎就只是一塊布），現在的姿勢簡直像個暴露狂。

克拉斯走進去，用「你這是在做什麼」的眼神盯著他。

裘瑟回過頭，「沒關係，這裡沒人看得見我，」他摸了摸腿上略有些紅腫的地方，「再次感謝你幫我消除印記，不過，為什麼它還這麼紅呢？」

裘瑟說話不會被人聽到，而克拉斯一回答就會變成自言自語。他及時想到了個好辦法：假裝接電話。

「哦，是這樣，」他把手機貼在耳邊，隨意看看周圍的帽子、紀念品項鍊等等，「就像鐳射除痣那樣，皮膚上會暫時留下點痕跡，慢慢就會好了。你知道什麼叫鐳射除痣吧？」

「知道，我看過雜誌，」裘瑟把袍子放下來，「只要是正常現象我就放心了。」

他把袍子整理好，又開始抱怨達爾林鎮的邪教。克拉斯跟他一起離開小店，挑僻靜無人的路走，告訴他剛才觀察到的事。

因為魅魔能夠看到裘瑟，所以之前裘瑟一感覺到惡魔氣息就逃走了。聽完克拉斯描述的畫面，他憤憤地說：「你也看到了吧？他不僅騙錢、騙取信任，他還催眠信徒，讓那些人和他進行噁心的性交……」

克拉斯想了想，「我有點不明白。麥克唐納的身體是那麼的……呃，奇形怪狀，難道他騙人類和他過夜時，都只是規規矩矩地用『人類的方式』嗎？」

「你問得太含蓄了，」裘瑟挑了挑眉，「我懂，你想說的是『要是看到那種變態的尾巴、恐怖的舌頭、不能直視的生殖器，人類怎麼可能生龍活虎地繼續過日子』，而且麥克唐納一定會用他身上的那些東西，因為他是魅魔。」

「對……我就是這個意思。我的初步猜想是，他可以在事後催眠信徒，信徒不記得太過變態的行為，會繼續服從他。」

「嗯，有可能，」小神皺起眉，「不過我總覺得，如果被男魅魔的『那東西』搞過，就算麥克唐納能在事後催眠信徒，下次他們面對脫光的他時，也一定會再次震驚。」

克拉斯眼神複雜地看了他一眼，「你……見過麥克唐納的裸體？」

「見過啊，」小神嚴肅地回答，「你也知道，有一次我路過宗教儀式現場，沒想到他在廣場上施了個法術，導致我在人類面前現身了。」

「這我知道，你說過了。」

「當時他是全裸的，因為他說在通神的儀式上……需要所有人都全裸。」

克拉斯撫著眉心，「為什麼？他想借機觀察誰的身材好？」

「說對了，你真了解惡魔。」

我當然了解惡魔，我對付過好幾個，還和惡魔一起辦公呢……克拉斯曾以為骨翼惡魔西多夫已經夠猥瑣了，看來魅魔確實比普通惡魔更糟糕。

他和裘瑟離開這條街，去報廢車廠找約翰商量接下來的事。有人從十字街道一側的平頂建築物護欄邊探出頭，注視克拉斯與裘瑟離開的背影。

深淵種魅魔麥克唐納藏在屋頂上，赤裸上身，頭上和身上都溼漉漉的，塗滿龍舌蘭酒。這種味道能有效遮蔽深淵生物的氣息，讓山林之靈難以察覺。他勾起嘴角，目光從克拉斯的後背移到裘瑟銀髮下的赤裸雙腿……以前見過的複雜印記不見了，他知道，這代表山林之靈即將離開小鎮。

「原來這位也是獵人。一個又一個，到底有多少獵人來找我？」他抱怨著，張開一對豔紫色的蝠翼，從房屋背後離開。

「你怎麼能單獨進去呢！」約翰抓著克拉斯的前臂，都沒發覺自己用的力氣有點大。

傍晚之後，他們一起來到倉庫改造的神堂。克拉斯準備依照計畫進去參加儀式，看看「治癒之手」到底在宣講些什麼。約翰則和裘瑟將利用人們聚集的時間，潛入平時魅魔起居的地方。可是，當聽說深淵種魅魔有多糟糕之後，約翰怎麼也不放心讓克拉斯單獨參加儀式。

「不用擔心，」克拉斯說，「他對我沒有『那方面』的興趣。我看得出來。」

「怎麼看出來的？」約翰問。

「我遇到他時，周圍還有好幾個新來的信徒，魅魔擁抱我的動作很敷衍。而他抱年輕的彼德先生、紅髮艾米麗小姐、超模身高的黑皮膚諾娜時……那真是抱得『各有重點』。」

「什麼叫『各有重點』……」

「就是，勾引不同類型的人時，用的眼神和肢體語言不同，對有的人大膽些，對另一些人則裝得像路希恩似的。」

約翰想像了一下這個比喻，還挺生動的，「路希恩好像確實也挺適合當宗教領袖……你確定他對你不感興趣？」

「為什麼你覺得我會這麼有魅力？」克拉斯問。

「記得嗎，我們第一次見面時你就差點被一個男魅魔給……呃……」

克拉斯了然地點頭，「哦，那次不一樣。當時房間裡的魅魔被束縛了很久，還受過傷，他迫切需要吸取人類的生命力量，見到誰都會撲上去。而麥克唐納先生每天都『吃』得酒足飯飽，對食物就挑剔多了。」

看到約翰還是不太放心，他補充說：「約翰，你能夠感覺到我的位置，還能感覺到我的情緒波動。如果我遇到麻煩，你會感覺到的。更何況，其實該擔憂的是麥克唐納先生，畢竟……」克拉斯頓了頓，壓低聲音，「他是深淵種惡魔，而我是魔鬼。我想調查他也許很難，可如果我真的想殺他，卻很容易。」

約翰的後腦一陣發麻。這句話不是玩笑，克拉斯是認真的。他不會輕易使用那些力量，但不代表絕對不會。不知怎麼地，約翰的腦中隱約浮現魔像四分五裂的屍骸。他讓目光飄遠，搜尋藏在民居灌木中的山林之靈，力求趕走剛才一剎那間的寒意。

神堂布置得很明亮。人們憑號碼依次進入。克拉斯坐在前面第四排，距離麥克唐納的講臺不遠不近。在真知者之眼中，宣講教義的麥克唐納身體發紅，目光亮得像彩色燈泡，尾巴一抖一抖的，這是魅魔興奮時的模樣。

麥克唐納講的無非是「治癒之手」有多好、自然之神與達爾林鎮的（瞎編的）深遠關係、真實存在的通神力量與虛構宗教的區別等等……坦白說，麥克唐納的口才普通，邏輯能力也堪憂，他能夠吸引這麼多人，一方面是依靠魅魔天生的莫名吸引力，另一方面則是依靠山林之靈在當地的力量，人們為功利而來，想換得治療和健康。

宣講接近尾聲時，麥克唐納的助手讀了十幾個號碼。被叫到號碼的人是幸運兒，將可以參加大祭司的治癒儀式。因為人們的需求各有不同，可能會涉及詢問疾病，所以儀式將是私密的，在神堂更深處的房間進行。

被叫到號碼的人沒有太過蒼老的，無論男女都還看起來不錯……看來，魅魔是打算從這些人裡選擇新「零食」。

沒被叫到的人們在散場後離開，被叫到的則跟著麥克唐納走進一扇門。克拉斯的號碼也被叫到了，他發現彼德父子也在其中。老彼德最少也有五十歲了，魅魔難道想和他發生點什麼嗎……更合理的解釋是，這兩個獵手已經暴露了。除了找新零食外，也許魅魔也打算出手對付兩個獵人。

身後的門被志願工作者關上了。麥克唐納的心腹都是被他深度惑控住的人類，非常配合他的計畫。克拉斯清晰地聽到了上鎖的聲音。

他們走下一段狹窄的樓梯，被帶進地下室。這裡很寬敞，天花板上有個孔，通往外面，麥克唐納說在晴朗的午夜，月亮會從孔洞的正上方撒下一片聖潔的銀輝。現在月光微弱得很，角落裡還有幾盞顏色不一的燈，光線效果就像酒吧似的。不僅如此，這裡還飄著某種香味，像是花香也像是香料。氣味從四面八方彌漫而來。

麥克唐納又開始說教義、禱詞，克拉斯沒仔細聽，一心在分析身邊的環境。不知道約翰和裘瑟那邊怎樣了，是否發現了什麼。

之後，麥克唐納要求人們一個個上前和他親吻。人們竟然立刻照做，連一絲疑惑都沒有。克拉斯知道這是惑控法術，就算他們是真心愛戴麥克唐納，照理說也該有人產生瞬間的驚訝，或者哪怕是驚喜。

克拉斯推想，也許魅魔打算嘗味道了。打比方說，吻是吸一口奶沫，做愛才是把食物吃光。彼德父子身為獵人，竟然這麼容易就被惑控了。他們毫不猶疑，渾渾噩噩地排起隊，準備去親吻魅魔。小彼德排在第三個。克拉斯也裝作順從，排在後面。

當魅魔吻第一個人時，室內一角響起音樂，竟然還是法語的藍調歌曲。在熏香、音樂和昏暗的燈光下，接受親吻的人露出幸福、放鬆的表情。魅魔不僅深吻她，結束後還親她的額頭，幫她整理了一下肩上的捲髮……看來魅魔還挺喜歡她的。

第二個人大概身體不太好，被親吻後有點虛脫，魅魔把她交給前一個人，向後面的小彼德伸出手。克拉斯看到了小彼德腰間的槍套和匕首，可是小彼德一點反抗的意思都沒有，吻得如痴如醉。果然魅魔不吻老彼德。他只是捏住他的下巴，向嘴裡輕輕吹氣，之後就把他推到一邊。

更震驚的事情發生了，被魅魔吻過的人們開始彼此親吻、撫摸，扭動著摟抱在一起，也不管身邊的人是男是女。他們似乎個個都被欲望燃燒，但是神志不清、肢體柔軟、動作遲緩，連解個拉鏈都要手抖好幾次，吻別人時會不小心摔倒……似乎大家都變成了醉鬼，根本不知道自己在做些什麼。而麥克唐納也躍躍欲試地開始寬衣解帶，似乎即將加入他們。

克拉斯的袖子裡藏著一柄水晶錐，上面鐫刻著光明屬性的魔法符文。回過神來，魅魔麥克唐納先生已經在他面前了。

麥克唐納緩緩眨眼，貼近他。他們右邊有人被東西絆住，一邊激烈地喘息，一邊滾倒在地上。

「你是誰？」麥克唐納的瞳孔縮成一條線，像貓科動物，「我決定對你攤牌。反正你肯定不是一般人，你沒有受到任何影響。」

克拉斯決定暫時不說出對方是魅魔，先把他當成普通的邪教領袖看待。「你覺得我是誰呢？你應該已經有答案了，有必要問我嗎？」

「有必要，」魅魔繞著他慢慢走動，「我猜你是獵人。你偽裝得很好，不像那邊那對白痴。」他看向彼德父子——當然那兩人根本不是真的父子，他們其中之一正把一袋馬鈴薯當人來愛撫。

魅魔接著說：「不幸的是，我看到你和月神一起行動了，他在你面前現身了。顯然他記恨我利用他賺錢，所以找了獵人來對付我？」

「等等，月神？」克拉斯皺眉。

「哦，不，當然不是真的月神，」麥克唐納坦誠地回答，「只是叫月神比較好聽，有美感，他的模樣也像個月神。其實嘛，他也就是個持家小精靈的大個子版本。」

克拉斯忍著笑點點頭，「那麼，你為什麼和我攤牌，不是和另外兩個獵人？」

魅魔說：「我還沒問完呢。起初我覺得你是獵人，但又不太對。據我觀察，你不持槍，毫不緊張，走進這裡還鎮定自若。人類，我見過很多位獵人，很多很多，他們暴戾、神經質、容易興奮、具有攻擊性，稍微一個風吹草動就讓他們想開槍。可是……明明你沒被控制，卻到現在還什麼都不做，那你到底是來幹什麼的？」

「難道你在譴責我為什麼不攻擊你？」

「也可以這麼說。本來我還以為你們一走進來就會準備攻擊了。沒想到那對傻瓜太容易控制，而你不受影響，卻什麼都不做。」

克拉斯笑了笑，「很簡單，我並不是來殺你的啊。」

「那你來幹什麼？」

「觀察你。」

魅魔感到迷惑，克拉斯解釋說：「不論你是什麼怪物，你創立小宗教，搞猥瑣的肉體派對……這些事很糟糕，可是它不是怪物的專利，普通的人類騙子也能做到這些。他們也許會因此發大財，也許會被法律制裁，無論如何，這都不該是獵人管的事，對嗎？」

「什麼？也就是說，你們不想管我？」魅魔問。

「不。我的意思是，我只是來觀察一下你究竟做了些什麼，最糟能做到什麼地步。如果你的行為不值得介入，我們只能離開；如果你確實很過分，我們就得對你……」

話還沒說完，魅魔突然抓住他的脖子，將他推撞到身後的牆壁上。與此同時，克拉斯手裡的水晶錐也刺進了魅魔的蝠翼。

現在魅魔放棄了偽裝，恢復成本來面目，周圍神志不清的人們絲毫沒有注意到。

「我懂了！你是無威脅群體庇護協會的人！」魅魔吼道。因為疼痛，他放開了手，身體仍堵在克拉斯眼前。

「喔，我們真出名？」克拉斯沒有否認。而實際上他現在已經不是了……仍以協會工作人員的身分說話，讓他感到一陣苦澀。

魅魔憤怒地咆哮起來。從他語無倫次的指責中，克拉斯驚訝地發現，麥克唐納竟然和以前對付過的魅魔有所關聯：克拉斯曾在其他人的幫助下拘禁過一男一女兩個魅魔，那也是克拉斯第一次見到約翰的日子。麥克唐納和那兩位是同一批「偷渡客」，他們是一起從深淵來到人類社會的。

麥克唐納指責協會不公平，只保障人間種惡魔的權益，卻歧視深淵魅魔什麼的……也許是當宗教領袖當得太有經驗，他接連不斷地說話，克拉斯幾乎插不上嘴。獵人和驅魔師都知道這個規律：越是話多的東西就越弱，無論是幽靈還是異怪，基本上無一例外。

蝠翼傳來跳痛，打斷了魅魔的思路。通常，他的身體能吸收普通的傷害，匕首插上去，也能邊癒合邊將利刃推出。可是水晶錐不同，幾分鐘了，它仍緊緊插在蝠翼裡，上面的符文開始向翼膜爬行，像是要鑽進他的身體。

魅魔怒吼著，嘗試拔出錐子，但失敗了。他乾脆從傷口湧出的血液裡拽出一根深紅色的長鞭。克拉斯見過這種東西，以前那對魅魔也這麼幹過。

「太好了。」克拉斯看著他。

魅魔一愣，不能理解這個人類的思路。回過神來，手裡的鞭子忽然變輕了，他猛地轉身，鞭子卻被拽離了手掌。

在他身後，雙眼鮮紅的青年向他打招呼，另一隻手拿著還剩一半的鞭子。

「你是怎麼進來的！」魅魔能看出這是個血族，但分不出其年齡世代，無法估算對方的能力。

約翰指指天花板上透著月光的小孔，慢慢繼續吃掉深紅色的鞭子。他知道自己的動作有點好笑，可面對難得的食材時，誰在乎呢，惡魔血蘊含的力量令他記憶猶新。

克拉斯對他晃了晃銀色小球，約翰點點頭，認出那是在為檻車做準備。

在所有蝠翼惡魔中，魅魔算是比較弱小的一種，其中女魅魔稍強一點，數量極少，男魅魔數量多，力量更弱。約翰不知道普通狀態下的血族和男魅魔誰更強大，但他知道，食用過惡魔血的自己完全可以對付麥克唐納。他記得，第一次這樣對付魅魔還是在克拉斯家三樓的書房裡呢。

麥克唐納起初還反抗、嚎叫，慢慢就變成求饒了。最後，約翰踩著他的翅膀，戴上絕緣手套，用銀鏈將他的雙手反剪，把證件遞到他眼前，「我會把你帶去相關機構，並提交證據。你可以從現在開始思考有什麼想辯解的。」

魅魔無力地掙扎，「這不對啊！我聽說西灣市協會的吸血鬼員工是個調解員啊！你不該是執法組啊！」

「那是三年前的事了，」約翰抬頭看看克拉斯，後者正在完成檻車咒語，「後來我兩邊兼任。」

「那也不對啊！你應該和我說『你有權保持沉默，但你所說的每句話都會成為呈堂證供』……」

約翰驚嘆於這魅魔的廢話之多，怪不得他會融進人類群體去當騙子。

檻車完成後，克拉斯把身上的風衣脫下來給約翰，讓約翰蹲下，用風衣罩住全身。就和他們初次一起對付魅魔一樣。克拉斯的風衣內襯上是防護咒語，可以保護約翰不被檻車的光刺痛。

銀色小球被彈入半空，綻放出耀目的光芒，吞沒了匍匐在地的魅魔。一陣哭叫求饒之後，魅魔被收攏進水晶球中，約翰掀開風衣，把小球撿起來裝好。地下室裡仍播放著法語歌曲，香薰也沒散，人們呼吸呻吟的聲音倒是漸弱下去，就像醉鬼們紛紛開始犯睏了一樣。

「我一直想問，『檻車』不會弄痛你嗎？」約翰把風衣還給克拉斯。

「不會，因為我的身體仍然是人類，」克拉斯說，「或者，也許是檻車不適合魔鬼？誰知道呢。」

約翰走近他，單手覆上他的脖子，「你沒事吧？」約翰問，「這裡有道擦傷……」

「魅魔的指甲而已，」克拉斯回答，「沒事的，和貓指甲抓的差不多。」

惡魔血讓約翰很飽足，這一點傷口對現在的他來說沒什麼吸引力。不過，約翰仍覺得心裡癢癢的，像是有什麼在胸口燃燒，溫度不高，卻在向四肢擴散……他俯下頭，情不自禁地貼近那道擦傷，用舌頭舔舐它。克拉斯僵硬了一下，有些疑惑他的行為。

約翰也不清楚自己是怎麼了，他相當確定自己不飢餓，獠牙穩穩藏在牙床內，一點要伸出來的衝動都沒有。可是，他卻又貪戀克拉斯頸間細小的跳動、熟悉的氣味、皮膚溫暖細膩的質感……

不知不覺間，他用手臂箍緊了克拉斯的背，輕舔變為吮吻，離開擦傷，移到耳垂和頸邊。克拉斯被緩緩推擠著後退，直到靠在牆邊，他不排斥約翰靠近，但非常奇怪為什麼如此突然。

「是因為這氣味？」克拉斯側過頭，艱難地問。血族通常不會被帶有毒素的氣體影響，因為他們不呼吸，可如果是魔法藥劑就不一樣了。

克拉斯捧起約翰的臉，查看他的瞳孔，想確定他受影響有多深，會不會有副作用。可是約翰一把拂掉了克拉斯的手，胡亂揉著他的襯衫，「拜託，別動……」

克拉斯有點哭笑不得，「我當然可以不動，不過……你真的醒著嗎？」因為約翰的話，他只能放下手，沒法再做什麼。忽然，門縫和天花板孔內吹來一陣風，室內的甜膩香味立刻消散得無影無蹤。

滿地的人類停止扭動，徹底沉沉睡著了。約翰先是膝蓋一軟，被克拉斯扶住後稍微緩了緩，重新站穩。

門吱呀一聲打開，裘瑟的銀髮在彩色燈光下閃閃發光。

「呃，你們……」他四下環顧，看到幾乎黏在一起的約翰和克拉斯，「你們知道的，我比較擅長治癒，所以我把魔法煙霧消除了……難道我做了多餘的事？」

「沒有，你救了他們。」克拉斯指指滿地躺倒衣衫不整的人。幸好人們在香薰中肢體遲緩，動作笨拙，都還沒來得及做太多，不然等他們清醒後一定會很難面對彼此。

裘瑟打算在達爾林鎮多停留些日子，給予作物數年份的祝福。他想等「治癒之手」的宗教痕跡徹底消失、鎮上恢復平靜後再離開。

山林之靈數量稀少，通常走遍幾個城市、幾座森林也找不到一個同胞。不過他說自己並不寂寞，他可以鑽進家庭餐廳，和人類一起看球賽；可以巡遊在街道上，把沒塞好的明信片重新投進信箱；還可以安撫互相吠叫的狗、偷偷讓窗前的盆栽草莓產量翻倍。

「如果哪天我覺得寂寞了，我就去隨便哪個大城市，」裘瑟說，「我可以去找協會的辦公區，他們一定願意讓我入職。」

「是啊，你做過基本登記了。」約翰說。

「不過，現在還不需要，我一點想工作的打算都沒有。反正我們的生命比一般生靈漫長，我可以慢慢來。」

裘瑟的話讓約翰恍惚了一下。似乎內心深處有什麼想法和這不謀而合。

這次之後，他將回到西灣市郊區，繼續跟進烏拉爾山熊人的合法證件問題，除此之外還有無數的其他案子等著他。而克拉斯也許會再度離開，偶爾出現……約翰數次想到，難道將來他們就一直維持這種狀態，永遠像這樣相處？

每次思考的結果都是：我有時間，現在的克拉斯也有，我們可以慢慢來。其實他知道，這不算一個結論，只不過是中止思考而已。

就算有時間，就算生命漫長又能怎麼樣。未來的每一天都在重複眼前的模式，克拉斯必須永遠潛藏，再也不會擁有所謂的「生活」。

「你在想什麼？」

又一天的傍晚後，他們離開達爾林鎮。克拉斯打算陪著約翰走一段。裘瑟早就消失在樹叢裡了，現在他們沒有車子可以開，讓人非常懊惱。

約翰說：「在想好幾件事。首先就是，我要走多久才能走回去啊，為什麼我不自己開車來呢……」

「等一下你可以跑著回去。小心別被人看到。」

「當然，哦，這就說到另一件事了，」約翰看著克拉斯，「接下來你打算怎麼辦？你要不要……」

「我不能回去住，你知道的。」

「嗯，我知道，」約翰猶豫了一下，掏出一張卡片給克拉斯，「你拿著這個。」

克拉斯拿到的是一張名片，紙張略有些軟，印製工藝古舊。名字是約翰的，寫著承接夜間捕鼬工作。

「這是什麼？你幾十年前的名片？」

約翰點頭，「猜對了，就是我幾十年前的名片。重點是下面的地址。它是真的地址，我父母和妹妹都住在那裡。最近我正要休個年假，人類每年都有年假，但是我差不多四年沒有休年假了，我想休息一段時間，回家看看……」

克拉斯等著下文。約翰對上他的目光，又偏開，遲疑地問：「你願意跟我一起去看看嗎？如果你不介意有一屋子吸血鬼的話……」

「我不能和你長期一起行動……」克拉斯說。

「我知道，所以我給你地址，」約翰說，「我準備先聯繫別的獵人，叫他們把檻車裡的魅魔帶走。然後我回去收拾點東西，就動身開始度假。如果你願意的話，我們在那邊會合好嗎？」

現在約翰只要一說話，絕大多數的句子都是疑問句。克拉斯知道是為什麼。他把名片收起來，「當然可以。對了，你打算怎麼介紹我？『和你自願締約的人』？」

「怎麼可能？我不會說你是德維爾．克拉斯。我想過，我不能把你的事告訴別人，即使是家人也不行。」

「這好辦，你可以說我是另一個和你締約的人，」克拉斯真誠地建議，「你們可以和很多個人類締約，聽說在中世紀，那些常年遊蕩在外的血族一年締約一個也不是什麼新鮮事……」

「這不太好吧，」約翰搖頭，「聽起來……好像太輕浮了，像史密斯似的。」

克拉斯聽出他後半句話裡的笑意，他是故意的。他們開了幾句玩笑，決定慢慢想「如何介紹克拉斯」的問題。

達爾林鎮外不遠處有個長途巴士站，晚上七點前是最後一班。克拉斯打算從這裡離開，為了安全，他不想離西灣市太近。等車時，克拉斯問：「其實我很想知道，為什麼邀請我去你家？難道是因為『想像愛情倫理電影裡一樣，即使是跨越種族和性別的關係，也得爭取保守家庭的支持』？」

「不是，」約翰笑道，「當然，我父親確實是個保守的血族。而我的目的沒有這麼複雜。」

「這複雜嗎？」

「對我來說夠複雜了，」約翰說，「其實，並不一定要邀請你去家裡，也不是非得和你搭檔工作。不管是旅行、休息，還是坐在一起討論魅魔，什麼都好，我僅僅是……想找點時間和你相處而已。」

約翰會留在協會，繼續盡己所能地幫助別人，這是他願意做的事，也是克拉斯所希望的。但是他們不能再搭檔，不能並肩走在西灣市夜晚的街道上，不能把車子停在公路旁，一個吸著血袋，一個喝著咖啡……約翰將很難再有機會幫睡著的克拉斯繫上安全帶，克拉斯也不再有和約翰一起寫報告的機會。

血族和幽暗生物都「有時間」，可是，能用來彼此相處的時間卻那麼少。

一通來電打斷了此時微妙的沉默。是艾麗卡，她說公園裡的約瑟夫老爺檢舉流浪支系犬欺負貓，想叫約翰去處理一下。約翰說自己的假期已經開始了，建議艾麗卡把這個任務交給卡爾。

在約翰講電話時，長途巴士來了，克拉斯看看四周，候車區昏暗的簡易屋內沒什麼人，幾個乘客都去忙著放行李了。於是，克拉斯用口型對約翰說「以後見」，並湊近過去吻了他。他的吻太匆忙，有點「歪歪扭扭」的，卻又很用力。約翰想認真地回吻一下，可是克拉斯已經揮揮手走出去了。

「約翰？你怎麼不說話了？」艾麗卡問，「剛才那是……什麼聲音？」

「沒什麼，我在吃泡泡糖，吹了個泡泡，失敗了。」

「血族也吃泡泡糖？」

「當然，又不用吞下去，還有香味，去口氣，正適合我們。我們很怕自己嘴裡有血腥味……」

他目送長途巴士離站，過了片刻才從空蕩蕩的候車區走出去。現在是時候認真思考一下如何向家人介紹克拉斯了。

協會辦公區裡，艾麗卡掛斷約翰的電話，又打給其他人，通知各種事宜。她是西灣市辦公區唯一不是獵人、不是驅魔師、沒有任何施法能力的人類。有不少實習生和學員（比如洛山達、卡爾）都驚嘆於她的勇敢。她只是個普通人，卻敢於在一群黑暗生物中工作。

和其他獵人的電話裡，她交代的是一群人間種惡魔的檔案問題，獵人再一次談起「妳竟然讓一群惡魔在妳面前排隊？天哪，妳的膽子可真大」。艾麗卡認為自己有膽大的資本。雖然她不懂施法，卻有不少能防身的東西。

克拉斯給過她一把槍，能發射出力場壁障球；她後頸的小紋身是防護符文，能防止虛體生物進入身體；她的項鍊裡藏著強力惡魔迷魂劑，比一般的「貓薄荷」還濃，需要時她只要打開它，就能讓身邊的惡魔身體發軟、行動受阻。

艾麗卡只是個文職、櫃檯，三年前協會舊址大廈傾頹的經歷讓她至今依舊感到後怕。奇怪的是，那明明是克拉斯造成的，她卻並不害怕克拉斯。她和獵人們因克拉斯而遇險，可是從某種意義上來說，克拉斯卻一直在保護著他們。

和約翰打電話時她就在想：如果沒有三年前的事，這通電話我應該打給克拉斯，以前通知什麼事時，她一直都是打給克拉斯的。

大門方向傳來匆忙的腳步聲，她抬起頭，一個渾身包裹在黑紗裡的人走進來。一般人會以為來者是中東婦女，而艾麗卡聽約翰講過「門科瓦爾家族穿黑紗的吸血鬼」，所以，她立刻覺得這位一定是血族，他還帶著墨鏡呢。

「呃，對不起，您不能進來……」其實艾麗卡想說的是「你是怎麼進來的」，協會辦公區不允許非授權人員進入。就算是來求助，也得先通過門禁系統申請，由獵人檢查後才能進入。門禁系統沒有發出提示，也沒有任何進行破壞的聲音。就算有些血族能霧化也進不來，因為建築外部的牆體縫隙間填充了防護藥劑……除非他能直接把牆壁開個洞，還得是無聲無息的。

艾麗卡站起來，用身體擋住試圖走進辦公區的黑紗人。她挪動腳步後，正好看到走廊中段的入口——它真的被開了一個洞！

艾麗卡隱約記得有一種生物能做到，但是她不是施法者，她想不起來細節。

「無威脅群體庇護協會，西灣市辦公區，對吧？」黑紗人說話了，聲音是個男人，「前幾天，你們收押了一隻蛇髮獸，她是犯人，同時也是某件案子的重要證人，所以你們暫時沒處決她，也沒送到附近的超自然生物監區。」

艾麗卡吃驚地看著他，不明白他想做什麼。

辦公區的隔離室內確實有個蛇髮獸，一種極其稀少的怪物——也就是傳說故事中的「梅杜莎」。

神話中的梅杜莎很強大：她有鋼鐵的雙手、布滿鱗甲的脊背、帶毒的獠牙，背後生長雙翼什麼的……其實，被勇士柏修斯斬首的應該算是「原始蛇髮獸」，浪漫些的說法是「梅杜莎之母」。後來的蛇髮獸發生了改變，她們和洞穴蜥人、掘穴盲族等等雜交，體格一代代變小，一些細微特徵也隨之改變。

蛇髮獸的面容就是她們最致命的的攻擊，人看到她們的面孔就會被化為石像。相對的，她們不能照鏡子，因為石化效果對她們自己也一樣。千百年過去，經雜交的現代蛇髮獸出現了驚人的進化——或者應該說是退化。現在她們全都是盲人，再也不會看到自己的臉和同族的臉。

曾有人誤解了蛇髮獸的能力，以為石化法術是經由她們雙眼產生的，所以對現代的、緊閉雙眼的蛇髮獸放鬆警惕，結果不幸遇難。其實，危險的不是眼睛，而是她們的面孔。

現在，西灣市辦公區的隔離室中確實關著一個蛇髮獸，名字叫佩姬。她被綁在床上，身穿交臂束縛衣，頭部整個罩在橡膠面具裡，頭上的蛇髮被符文繩索束住。

闖入者提到蛇髮獸時，艾麗卡的心裡一沉。

眼前的人穿著密不透風的黑袍，戴著墨鏡……從這種打扮來看，難道他也是一隻蛇髮獸？可是他的聲音聽起來是男性，蛇髮獸中有沒有男性呢……艾麗卡一邊想一邊悄悄按下櫃檯隱祕處的緊急按鈕，它和銀行的報警按鈕差不多，會連通西灣市工作人員們的通訊設備，告知辦公區遇到危險。

「先生，請您配合一下流程，」艾麗卡遞出一份表格，「不管您有什麼訴求，請先填寫一下這份簡易存檔表格……」她根本沒指望對方會填，只想爭取時間。

接到緊急信號後，在辦公室裡的卡爾和洛山達走了出來，他們是距離艾麗卡最近的。就在他們剛出現不到半秒，闖入者突然拔出槍抵在艾麗卡的腦門上。

他一把將她拉到懷裡，艾麗卡感覺到對方戴著手套，布料下的皮膚堅硬而冰涼。

「蛇髮獸！」被扼住脖子前，艾麗卡大叫一聲。她想讓兩個同事知道闖入者可能的種族，做好防護。

闖入者挾持著艾麗卡，洛山達和卡爾不敢貿然攻擊他。畢竟他們不了解這生物扣動扳機的速度有多快。洛山達說：「！@@#￥%+￥#￥%＊&……？」

艾麗卡苦著臉，「你在說什麼？連我都聽不懂啊！」

「#￥%＊%￥＊￥#。」洛山達吐出舌頭。他的舌頭比人類的長一點點，顏色發暗，舌頭左右兩側有凸起的小金屬釘，這讓他的舌頭看起來像章魚觸手。

卡爾翻譯道：「他是說，『又新打了兩個舌釘環，痛』。哦，上一句是『請你冷靜點，請說說，你有什麼需求嗎』。這句是對那位……客人，說的。」

艾麗卡感到難以置信，「惡魔的自癒能力很強的，打個舌釘怎麼到現在還會痛？」

洛山達又模糊不清地說了一句什麼，卡爾替他翻譯，「普通釘槍打的洞不行，得用銀釘才能燒出洞，然後再穿裝飾品進去……你這自虐狂。呃，這句是我說他的。」

闖入者沉默地聽著，他蒙著面，不知面紗和墨鏡下的表情是否很精彩。

作為人質，此時艾麗卡無比思念傑爾教官，還有克拉斯、史密斯、約翰、麗薩、卡蘿琳……不，卡蘿琳就算了，她不擅長保護人質……

「把蛇髮獸放出來，」闖入者說，「我知道她在這裡，她叫佩姬對嗎？把她交給我。」

「恐怕不行，先生，」卡爾自告奮勇地交涉，「她相當危險。我知道你很激動，請冷靜下來想想，現在你的做法對任何人都沒有好處。請放下槍，坐下來平靜地談談，否則我們……」

聽到這裡，艾麗卡覺得氣氛不太好，果然，卡爾接下來說：「否則我們的大批獵人就會回來，把你也抓起來。相信我，你打不過他們……」

艾麗卡忍無可忍，「夠了！你到底想交涉還是想激怒他！」扼住她脖子的手很穩，幸好，對方似乎並沒有因為卡爾愚蠢的發言而動搖。

洛山達也不贊同地瞪了卡爾一眼。卡爾小聲問：「不對嗎？約翰先生告訴過我，作為協會成員，得提防黑暗生物，且不能畏懼他們……」

可是我畏懼啊！艾麗卡絕望地想著。

闖入者似乎明白不能久留，等更多獵人聚集，他就跑不掉了。他挾持著艾麗卡往裡走，卻不知道哪間才是隔離室，所以打算逼問艾麗卡。艾麗卡不想告訴他，可是她的眼神出賣了她——當你想隱藏某個位置時，總是會下意識地向那邊看。

闖入者快步靠近隔離室時，洛山達用指甲在手腕上完成了符文。黑色的劍從他手背上平伸出來，就像一柄拳匕。

當他和卡爾想發動突襲時，闖入者發現了他們的意圖，轉過身，把頭巾扯開。

三人都立刻偏開頭，緊閉上眼。他們猜到這位也是蛇髮怪，看到他的臉會被化為石像。

閉著眼睛的艾麗卡感覺自己被推開，她一個踉蹌摔在地上，接著聽到洛山達大叫一聲，似乎是看到了什麼極為驚人的場面。艾麗卡被一個人抱起來，那人急速衝向出口。

「力場槍！」辦公區內部傳來一個聲音，是洛山達。這麼說，現在抱著她的人應該是卡爾。雖然不明白，艾麗卡還是依言摸出腰側的力場槍並射擊。她和卡爾被球形力場壁障包裹住，不足半秒，劇烈的爆炸呼嘯而來。

艾麗卡睜開眼，震驚地看著壁障外的衝擊波捲起碎片，撕裂室內的一切。卡爾用血族的速度把她抱出了門外，可還是不夠遠，如果不是艾麗卡有那把槍，他們仍會被捲入爆炸。

「洛山達呢？」艾麗卡叫道。

卡爾看上去都快哭出來了，他搖搖頭，「他衝過去想阻止他，而我得救妳……」

「誰阻止誰？」

「洛山達，要去阻止那個怪物，」卡爾說，「那傢伙不是蛇髮獸！他故意讓我們誤以為他是，利用我們閉上眼的瞬間……他炸開了隔離室的門。艾麗卡，隔離室的門能炸開嗎？」

女孩看著被撕開巨大裂口的建築物，「我想……是能炸開的，我們的房子又不是銀行金庫……再說，就算是金庫也有可能被炸開啊！」

「我還以為隔離室無堅不摧！」

「只是相對而言。畢竟沒有什麼超自然生物的力氣比爆炸物還強！」

卡爾整個身體貼在力場壁上，「不知道洛山達怎麼樣了，惡魔怕爆炸嗎？」

「你沒學過嗎？」

「我記得……好像怕，又好像不怕……」

很快，其他獵人、驅魔師們趕回來了，消防車也趕到了。火勢被控制住，洛山達從後門狼狽地跑出來。

他受傷了，而且很重，幸好他是自癒能力很強的惡魔。他拚上全身的力氣，趕在消防員進屋前跑掉，不然普通人類就會看到一個嚴重燒傷後不停長出新皮肉的生物。

隔離室裡的蛇髮獸被救走了。至於闖入者，從洛山達和卡爾的描述來看，他當然不是蛇髮獸，他是個石人，相貌如石頭魔像一樣的智慧人形生物。他戴頭巾和墨鏡，是因為他有灰褐色、帶棱角的石頭皮膚。

石人很稀少，通常只集中於南非境內，在別的國家難覓其蹤。不過也有傳聞說，航路通暢後的年代，有些冒險者發現了石人，並把他們帶回國。由於樣貌奇特，石人無法獨自旅行回鄉，即使得到自由，從此也只能孤獨地流浪。而且，石人沒有性別、沒有生育能力，他們種族的繁衍方式是：當石人足夠老後，就會在故土重新化為石頭，然後石頭裡再長出新的石人。所以身在異鄉的石人將永遠孤獨，沒有同族也沒有後代。

艾麗卡這才想起以前聽說的：石人能夠在土石物體上開洞，這能力不僅方便他們在地下和山洞中前進，也能用來破壞人工建築物。他在協會的外牆開洞，卻不能打開隔離室的金屬牆體，於是就使用了爆炸物。協會的人不知到石人是怎麼在爆炸中保護自己、保護蛇髮獸的。也許他像艾麗卡一樣有某些儲法道具。總之，他們都已經逃離了。

趕回來的卡蘿琳看著狼狽的現場，「知道嗎？我震驚的是……協會的房屋就這麼被開了個洞！我們的防護層都沒用嗎？」

史密斯站到她身邊，也對此非常無奈，「牆體裡的防護藥劑主要是阻止黑暗生物潛入，並不能阻止這世界上的一切攻擊手段。這幢房子很老，除了承重部位有鋼筋加固，別的地方沒有金屬的內部支撐物……我知道聽起來很簡陋，但是西灣市的大多數老房子也都是這個水準。還有隔離室，它的牆壁裡雖然有防護鋼板，但刨除法術藥劑層，門實際上就和防盜門的強度差不多。連瓦斯爆炸都能炸開防盜門。如果真有人非要在任意一棟房子上開洞，還引爆炸彈，只要機會合適，連警局都防不住他……除非我們能弄出一座史塔克大廈來。還有，各地協會都從沒接觸過石人，我們缺乏和他們打交道的經驗。」

「年輕時我都不太相信石人真的存在，」連傑爾教官都這麼說，「石人竟然要營救『梅杜莎』，他想幹什麼？」

石人還好說，「梅杜莎」才是最危險的。她原本就是個罪犯，現在重獲自由，天知道她會在西灣市做些什麼。要同時抓捕兩個罕見的生物，協會需要很多人手。傑爾教官拿出手機，撥通約翰的電話。約翰的假期本應該從今天開始，現在他們不得不把他叫回來。約翰是有霧化能力的血族，非常適合偵察，蛇髮獸的臉不能石化三種東西：普通物體、靈體，以及霧化者。

接到電話時，約翰正開著克拉斯的車。他已經把收納魅魔的檻車球交了出去，收拾了點東西，剛離開家半個小時。他知道事情的嚴重性，準備立刻調頭回去，在這之前，他得先告訴克拉斯。

「我很抱歉，」他邊開車邊打電話，反正血族的應變力很好，不會讓汽車失控，「看來我得晚幾天再過去了，你能在那邊等我嗎？」

「當然可以。」克拉斯坐在長途巴士上，從路線圖來看，還有一兩個小時就接近目的小鎮了。等下車之後，他還得照著地圖走很遠才能找到約翰的老家。

「我會告訴父母有朋友去找我，他們真的都很友善，完全不用擔心他們是血族……」

「我從沒擔心過。」克拉斯靠著玻璃微笑。

通話結束前，克拉斯問起協會遇到的新亂子。聽了約翰的敘述，他用手攏在嘴邊，壓低聲音，「我聽過一個說法，是我母親……米拉說的。通常，人們看了蛇髮獸的臉就會變成石頭，而石人如果能長時間注視蛇髮獸，就會變成人類。而且，石人變成的人類即使繼續看著蛇髮獸，也不會重新石化。」

「真的嗎？」

「在別的書本裡都沒有這說法，對吧？既然是米拉說的，我想這很可能是奧術祕盟的研究結論之一。約翰，如果你想告訴協會的人，最好想個合理的藉口，畢竟，誰能對你說這些呢？」

約翰的反應倒是很快，「我想，是三年前你對我說的，在一次漫無邊際的聊天裡。」

「好吧……很合理。」

掛上電話，克拉斯繼續看著昏暗的鄉間公路，偶爾跟著巴士裡音量很低的老歌哼幾句。

如果他是司機而不是乘客，他也許會發現，從離開達爾林鎮後，有一輛黑色的車子一直跟在巴士後面。

開車的是老彼德，小彼德在旁邊——那對出現在達爾林鎮的獵人。後座上是一位女士。她正在打電話，和對方交待著什麼。

她掛斷手機後，小彼德回頭問：「妳確定是那個人嗎？他和你們提供的照片一點都不像，而且我們也沒發現他有什麼特殊能力。最關鍵的是，他的言行舉止看起來就是普通人……」

「我確定是他，如果你們彙報的細節沒錯。」

「當然沒錯。不過，是哪個細節讓妳這麼確定？」

年輕女性笑了笑，「他和約翰．洛克蘭迪的各種互動。」

她專注地盯著前方不遠處的巴士，若有所思。逆向車道的車燈光正好照在她的臉上——她是路希恩的助手，夏洛特。

——《無威脅群體庇護協會03》完

Unthreatening Creature
Protection Association

Side Story

每個人的耶誕節

▼
▼
▼

金普林爵士和伯頓先生

一個是無頭騎士，一個是由血族靈魂轉化的報喪妖精，他們誰都不用吃飯，甚至連喝口酒都不行。莊園的位置偏僻，城市裡的耶誕節氣氛彷彿與他們無緣。

金普林又換了一張光碟，坐回沙發上，焦黑色的長劍擺在身邊。伯頓的靈魂被釘在劍上，不知道要用多少年才能擁有實體。他每分每秒都被痛苦煎熬，日子久了，他逐漸變得很平靜，甚至比身為血族時還要平靜。

「金普林，外面下雪了？」他的聲音在空氣中飄蕩著。

「是的，」騎士的頭在膝上回答，「你能感覺到？」

「空氣變得潮溼寒冷，我喜歡這樣，」伯頓每說幾句話就得停下來喘息，「疼痛似乎能減輕一點，你的劍也不那麼熾熱了。」

「今天是平安夜，」金普林爵士拿起手機時才發覺，「你以前過耶誕節嗎？」

「克麗絲托還活著的時候，和她互相送過禮物。」伯頓的聲音有些苦澀。

金普林爵士不想提起克麗絲托，這個話題會讓伯頓的痛苦加深。他沉默著不停按手機，給約翰和克拉斯各傳了一封簡訊，祝他們耶誕快樂。

伯頓的靈魂看著他這麼做完，「也許將來……我們也可以過耶誕節。」

「嗯，是啊，總會有那麼一天的，」金普林習慣性地想碰觸伯頓，但能接觸到的只有空氣，「反正我們最不缺的就是時間。」

「節日……應該做些什麼？」

「重大節日嘛，吃東西——我們也用不著吃東西，去教堂——我們也不行。還能幹什麼？」

「家人團聚？」

「對，還有這個，」金普林向伯頓身邊靠了靠，儘管現在他們無法接觸到彼此，「就像現在這樣。」

支系犬

柯基人貼在玻璃上，「下雪啦下雪啦看啊！松樹上都是雪！我要去玩雪！」

金普林爵士說：「不行，除非你變回狗。莊園裡沒有人類的冬季禦寒衣物，你不能穿得這麼少跑出去。」

他剛說完，柯基人和哈士奇人立刻變成了犬形態，邊跳著打轉邊猛搖尾巴，表示自己準備好了。爵士只好打開大門，兩隻狗眼睛發亮，甩著舌頭跳了出去。

柯基被積雪埋了一半，遠看就像沒有腳的肉球一樣在雪地裡疾速前進，拱出一條條小戰壕般的痕跡。作為雪橇犬種，哈士奇興奮地狂奔，不久就消失在雪夜的樹林中。

柯基扭著屁股，吠叫著追上去。憑經驗牠就知道，今晚哈士奇肯定又找不到回家的路。柯基犬是一種牧羊犬種，所以柯基支系犬也有不錯的直覺。牠的預言再一次成真了。

雪夜改變了森林裡殘留的氣味，視覺中的景色也異於白天。哈士奇跑得太遠，帶著柯基一起迷路了。

哈士奇跑了幾十米又折返回來，從積雪裡刨出幾乎完全被掩埋、仍在鑽拱著前進的柯基。

「我發現一個枯樹洞，沒有積雪，很乾燥，我們先休息一下吧。」哈士奇用犬類的語言說。

牠們兩隻窩在不大的樹洞裡，擠在一起拱來拱去，最終找到稍微舒服點的姿勢。哈士奇團著身體，下巴放在柯基的脖子上，「你說，金普林爵士會不會擔心我們，來找我們？」

「不會，他放你出來時就有你會迷路的心理準備，他早就習慣了。」

「你不是也跟著迷路了嗎……」

「那也是因為你的錯！雪太大了，我聞不清楚味道而且還看不清路！如果不是一直追趕你，我也不至於迷路！等明天太陽升起來，我就能找到回莊園的路了。」

「好吧，但願如此……今天是二十四號，我們應該不出門，和爵士以及伯頓先生過平安夜的。」

柯基瞇著眼睛，「不不，你真幼稚。我們應該出門，給他們倆留點私人空間。」

「私人空間？像我們現在這樣嗎？」

「大概吧……呼……明天一早我要去舔窗戶下的冰錐……」

「我也要！我還要跳起來咬霧淞……」

牠們交換著關於冬天的浪漫畫面，緊緊團在一起進入夢鄉。

麗薩和卡蘿琳，以及瑪麗安娜

瑪麗安娜第一次看見下雪，興奮得簡直要喪失語言能力了。只可惜，麗薩和卡蘿琳把她鎖在了家裡，她只能隔著窗戶往外看。

她從電視上知道了什麼是耶誕節，還準備了耶誕禮物。送麗薩的是用絲帶和掉落的頭髮綁成的蝴蝶結，在洞穴蜥人的傳統裡，送出用哺乳動物毛髮編成的繩扣代表讚美對方是個溫柔的人。送卡蘿琳的則是她親手烤的餡餅，因為記得卡蘿琳很喜歡吃零食，所以她把家裡的每種食材、調味料和零食都放了一點在餡餅裡。

到晚上十點了，麗薩和卡蘿琳還沒有回來。瑪麗安娜打電話給克拉斯，克拉斯說那兩個女孩在工作，並安慰瑪麗安娜說她們一定會回去過耶誕節的。

已經過了零點，瑪麗安娜遠遠聽到了敲鐘的聲音。她像小貓一樣蜷在沙發上，又是幾個小時後，外面終於傳來了轉動鎖孔的聲音。

卡蘿琳渾身都溼透了，衣服還破了幾道裂口。麗薩也非常狼狽，黑髮散了下來，像亂糟糟的水草般貼在身上。

「鎖好門，外面冷死了，」麗薩踢掉靴子，急匆匆地走向浴室，「我馬上去放熱水，妳把自己扔進浴缸裡就會好多了。卡蘿琳，妳什麼時候才能記住教訓？湖魚人最愛惡作劇了，而且他們只愛聽讚美，妳就不能好好說話嗎？我提醒過妳了，妳卻非要刺激他們，現在好了，被拖進冰窟窿裡的感覺如何？上帝保佑妳別得肺炎。」

卡蘿琳把地毯弄得一團糟，渾身顫抖地說：「我都快……快死了，妳就不能……安慰我幾句……」

「安慰妳？這次妳追著湖魚人衝到冰面上，下次是不是會追著鯊魚投海了？」

「因為妳……等妳施法太慢了……」

「有時候我真想揍妳！」麗薩從浴室走出來，推著卡蘿琳進去。

「妳揍啊……妳又打不痛我……」

浴室裡傳來咚的一聲悶響，然後卡蘿琳嘿嘿笑著說：「確實不痛……」

瑪麗安娜愣愣地站在客廳裡。旁邊桌上還有她準備的耶誕禮物。

雖然看得出麗薩和卡蘿琳是因為工作而這麼晚才回來，瑪麗安娜還是覺得很委屈。

她站在浴室門口，看到卡蘿琳正泡在熱騰騰的浴缸裡，麗薩在洗手池邊刷一把長砍刀。

「妳們不過耶誕節嗎？」她試探著問。

「偶爾過吧，」麗薩手裡的刀上沾滿綠色液體，也不知道是什麼生物身上的，「明天……不，今天就是耶誕節？天都快亮了……等等我得好好睡一覺。」

卡蘿琳在熱水裡恢復了正常語速，「當然，睡覺是休息日最美好的娛樂，其次是看電影。」

「電視上說耶誕節很重要，」瑪麗安娜不甘心地說，「說是……慶祝耶穌的誕辰。」其實她也不知道耶穌是怎麼回事，只是能聽懂這很重要。

「說法之一而已，它還是異教徒慶祝羅馬冬至節的日子呢。」卡蘿琳滿不在乎地說。

瑪麗安娜低下頭，失落地走出去。看著桌子上的禮物，難過地蹲下，頭頂在桌腿上，身體蜷縮成一團。洞穴蜥人常常做這個動作，她到現在也改不掉。

麗薩敏感地察覺到她不對勁，擦乾手跟出來後，才發現桌子上擺著硬紙卡片和兩份禮物。

她也蹲下去，把瑪麗安娜拉起來。

她正準備說點什麼安慰補償的話，卡蘿琳裹著後浴袍走出來，「天哪！這是什麼玩意！好恐怖！」

卡蘿琳驚嘆的正是屬於她的那份禮物。確實是很恐怖，盤子裡裝著一塊無法辨別材質的餅狀物，像是外星人墜毀的飛碟縮小版。

瑪麗安娜簡直快哭出來了，麗薩拚命對卡蘿琳使眼色，並扯東扯西地安慰和鼓勵瑪麗安娜。

卡蘿琳攤開手，用口型無聲地問：「怎麼辦？」

「安慰她！」麗薩摟著瑪麗安娜，揉著她的頭髮，同樣用口型回答。

「我不擅長！」

「那就去繼續洗妳的刀！」

天亮前，瑪麗安娜終於不再難過了。她知道協會的人很忙，知道她們倆做的工作很重要，現在她平靜下來，有點為剛才的態度而害羞。

「我只是看到電視上都是那樣……」她回到自己的房間，「耶誕節一家人聚在一起，爸爸媽媽和孩子交換禮物什麼的……有的地方爸爸還會扮成耶誕老人。」

「明天我給約翰打電話，叫他來扮耶誕老人。」卡蘿琳擺擺手。

「不，不用那樣，」瑪麗安娜更害羞了，「我知道沒有耶誕老人。只要妳們喜歡我的禮物，我就覺得很滿足了。」剛才安慰她時，麗薩確實說了喜歡那份禮物。

三個人差不多都一夜沒睡。瑪麗安娜回到房間，蜷在床上很快就睡著了。

卡蘿琳看著桌子上令人發愁的「飛碟殘骸」，盤算著趁現在偷偷扔掉會不會被識破。

麗薩已經飛快地洗漱完，正在調鬧鐘。

「兩小時後起床，跟我出門。」

「什麼！」卡蘿琳差點大叫起來，想到瑪麗安娜剛睡著，又壓低聲音，「我都快累瘋了！為什麼只能睡兩小時！今天不是休假嗎！」

「是休假，」麗薩指指瑪麗安娜的房間，「妳沒聽她說嗎？期待交換禮物什麼的……我們得在她睡醒前準備好耶誕禮物。」

「我們又不是她的爸爸媽媽……」

「至少是養母？」

「好吧，我會努力起床的。」卡蘿琳揮揮手，回到房間立刻倒在床上。

有時候很奇怪，身體疲憊得不能動，精神卻亢奮得睡不著。她盤算著，麗薩大概就只會送首飾和衣服之類的，那麼自己就要送瑪麗安娜點有趣的東西，科學模型？或者畫面漂亮的拼圖什麼的……

狼人海頓和浮木

平安夜當天下午，海頓再一次把浮木堵在了幾小時內無人途徑的角落。

「老實點，這次你別想跑！」他獰笑著靠近。

「我什麼時候跑過？」浮木漫不經心地用腳撥弄著地上的菸頭。

海頓靠得非常近，兩人的胸膛幾乎貼在一起。他嘴裡冒出一大堆威脅用詞，一句比一句遣詞凶狠，語氣抑揚頓挫，利用身高上的一點優勢居高臨下地瞪著浮木。

突然，浮木打斷他的話，「夠了。你不累我都累了。你不能直接說到底想幹什麼嗎？」

海頓一愣。浮木不耐煩地看著他，「威脅我聽膩了，你說的那些東西對於一個獵人而言也並不恐怖，行了，別玩了。每次你都要這麼長篇大論好久，直到警衛發現你把你帶走……你到底想怎麼樣，是想揍我還是上我，直說行不行？」

海頓半天都想不出怎麼回答才能顯得威嚴點。浮木猜得倒也沒錯，海頓想過揍他，也想過上他，可不知怎麼回事，每次都執行得不順利。

「今天好像是平安夜，」浮木說，「能不能賞臉別浪費我的時間？這就是給我最好的耶誕禮物了。」

說完，他輕蔑地看了看海頓，閃過身走開。這時，海頓突然捉住他的手臂，猝不及防地把他一把甩在牆上。

沒等浮木再說什麼，海頓壓近並狠狠吻住他，用對待一個血族時的力氣，而不是對待人類的。

海頓一手托著浮木的後頸，一手緊摟著他的背。吻持續了相當長的時間，兩個人分開時，彼此唇舌間都帶有細小的傷口。

「喔……比我吻你時粗暴多了，」浮木仍被按在牆上，對海頓挑挑眉，「幸虧你是狼人，如果是人類，和吸血鬼這樣接吻可有點危險啊。」

「正好是耶誕節，」海頓感覺到自己的臉很燙，而眼前該死的前獵人——現吸血鬼，卻永遠不會臉紅，「你也提到了禮物，那我們就交換禮物吧，怎麼樣？」

「差勁透了，簡直像A片裡的臺詞。」浮木帶著一貫的冷笑，被海頓翻個身按在牆上。

狼人的體溫比之前更熱，心跳也加快了不少。

密集的吻落在後頸上，浮木心裡暗暗覺得不妙：這種吻太溫柔了，讓人連冷嘲熱諷的力氣都提不起來。

感覺到火熱的手掌伸進襯衫裡，浮木輕輕閉上眼。

這地方在兩小時內都不會有人來，他只好決定暫時放棄思考。

羅素先生

羅素先生的平安夜十分悲慘。

地堡監獄的警衛們搞了個小型派對。火雞烤得不怎麼樣，但好歹氣氛不錯。每個人都準備了一份小禮物，很簡單，也許只是卡紙上抄寫的一段詩歌，或一罐新護膚霜，畢竟地堡裡又沒地方能採購禮物。簡單的禮物被標上號碼集中在一起，大家用抽籤的方式進行交換。

派對的最後，警衛們拿出一個記事本，說是他們所有人一起送給典獄長的。羅素接過來，記事本裡是密密麻麻的祝福與私人留言，來自地堡監獄的每個警衛，甚至有的還是來自犯人。

羅素高興得渾身發抖，一不小心被嚼得半碎的薑餅渣嗆住了，咳得太厲害後，又不小心打翻了手邊的酒，想站起來結果又被地毯絆倒。

他躺在地上，咳得滿面通紅，腰還突然動不了了。最後慌張的警衛們及時把他抬出地堡，連夜開車送去急救。

最終羅素沒事了，在醫院的急診觀察區迎接耶誕節的清晨。

約翰和克拉斯

他們忙了一天，接了不下二十通電話，其中有的是耶誕祝福，還有的是郵差打來的，說有包裹需要簽收。

晚上十點多，約翰把車子停好，看到克拉斯的家門前堆了很多包裹。在下大雪的夜晚，坐在壁爐前拆禮物……簡直是理想中的平安夜，現在他和克拉斯就正在做這件浪漫的事。

「看，也有給你的，」克拉斯把一個小盒子扔給約翰，「最近你在附近城市的血族裡很有名，他們直接把禮物寄到我家了。」

「為什麼不是寄到協會？」約翰打開包裝，裡面放著個造型詭異的雕像，長著羊蹄的劍齒虎，頭上還有三根角，尾巴像一團觸手。

「很多人都知道你和我住在一起，」克拉斯說，「而我的地址早就不是什麼祕密了，畢竟三天兩頭就有人來借住。啊，他送你的是混血凶神雕像。一定是北歐吸血鬼送你的。」

「為什麼？這是什麼東西？」

「斯堪地納維亞半島的老血族們崇拜過這東西，它象徵著崇敬和火熱的欲望。其實古魔法體系裡沒有這東西，大概是某個血族自己編的，結果就真的流傳下來了。」

克拉斯正在拆的禮物是兩冊裝幀精美的小薄本，是迷誘怪夫婦（或者應該說是「夫夫」或「婦婦」）寄來的。

兩本冊子之間夾著賀卡，上面是莫寧和奈特兩個人的署名和耶誕祝福語。以及兩張他們最近的旅行照片。第一張是他們的女孩形態，在模里西斯，莫寧戴著大墨鏡，棕色皮膚晒得顏色更深了，奈特的金髮挽成髮髻，還別著一朵紅色金鳳花。第二張是在不知道哪裡的旅店，兩人在陽臺上自拍，照片上是兩個大汗淋漓的強壯男人，額角相抵，胸肌擠在一起。

而小薄本的封面是閃著金粉的粉色藝術紙，複雜的花體字寫著《致最愛的特拉維修坎》和《荊棘深處歌頌月光》。

「這又是什麼？婚禮影集？」約翰湊過去。

克拉斯也覺得好奇，他先翻開《致最愛的……》那本，這本的署名是奈特。

直接打開中間的一頁，紙上印著：

斯汀把魔法陣破壞掉，將特拉維拖出來。他狠狠吻住特拉維，兩個人很快交纏在地

板上，打翻了身邊瓶瓶罐罐裡的施法材料。「不，這樣不對……」特拉維顫抖著，斯汀的[redacted]和他的磨蹭在一起，陌生的欲望讓他發狂。斯汀粗暴地撕開他的衣服，在他耳邊說：「不許拒絕，我不會讓你離開我的……」

克拉斯和約翰對視了一下，翻開另一本《荊棘深處……》，這本的署名是莫寧。

對特拉維來說，沒有什麼是永恆的。他再不屬於這個世界了，鮮活的外部世界全是過眼雲煙，只有斯汀不同，斯汀是如此特別，而且永恆。斯汀總是一次次地誘惑他，故意讓他失去自控，一次次墮落沉淪。最後，特拉維滿足地長嘆一聲，將釋放過的[redacted]抽離斯汀的身體，後者的[redacted]裡被帶出一股液體……

「耶誕老人在上！這是什麼！」約翰迅速翻頁，下一頁的內容也差不多。

而且他發現，如果沒理解錯的話，這兩本東西裡兩個人物的……上下問題，似乎是完全顛倒的，性格也有微妙的差別。

克拉斯把臉埋在手掌裡，「天啊，為什麼要寄給我啊……」

「到底是什麼？」

「你還記得他們兩個當著我的面爭論《地獄直梯》裡角色的愛情問題嗎？他們還因此動手打起來了……」

「我記得，那麼這次的是……」

「我的另一本小說，兩年前的東西了，叫《月光消失》，依舊是恐怖小說，不是愛情小說。講的是一個叫特拉維修坎的年輕人，他住到叔叔留下的老房子裡，誰知道這其實是棟邪惡的鬼屋。叔叔實際上是把他當成祭品送給屋裡的妖魔。年輕人抗爭不過，成了新的妖魔，繼續盤踞在屋子裡。在沒有月光的暴風雨夜裡，一群遠足的大學生進入屋子借宿，踏進了兩個妖魔設下的圈套，死了不少人，最後只有女主角逃脫了，還順帶解救了被詛咒的特拉維……」

「等等，女主角？」約翰確認了一下兩本小冊子裡的角色，「既然有女主角，那為什麼這兩個……妖魔，在……做愛？」

「這就是是莫寧和奈特的問題了，我沒這麼寫過！」

約翰努力想像了一下此時克拉斯的心情，「你說……他們是不是也寫過關於《地獄直梯》的『這種』小說？」

「也許吧……關鍵是，他們為什麼一定要寄給我看啊？」克拉斯哭笑不得地闔上小冊子，把賀卡和照片重新裝好。

雖然內容很可怕，但這畢竟是迷誘怪送的耶誕禮物，他仍會好好保存。

他把兩本冊子插進書櫃，又從裡面拿出一個包裝好的盒子。

「對了，畢竟今天是平安夜，」他重新坐回約翰面前，「我有禮物要給你。」

約翰驚喜地看著他，示意他稍等，也從外套裡掏出一個小盒子。「我也是！我還想等到過了零點，到二十五號以後再拿出來呢。」

兩個人互相交換了禮物，同時抬頭看著對方。

「一起拆開？」

剝開包裝紙，約翰拿到的是一雙新皮鞋。款式介於正裝和休閒之間，適合很多場合和搭配。

「謝謝，」他忍不住現在就想試試看，但是這麼做似乎很失禮（以前他母親是這麼說的），「你是怎麼知道我的尺碼的？」

「協會的登記表上有你的一切資料。上次幫野生血族辦理合法身分時，我看到你穿著西裝，像個特務一樣亮出協會證件，腳下卻穿著帆布鞋⋯⋯實在是太詭異了。」

約翰不好意思地抓抓頭髮。除了家人，克拉斯是第一個送給他這類東西的人。

克拉斯也打開了手裡的禮物。透明的玻璃盒子裡是一簇淡紅色的波斯花，沒有花莖和土壤，也並非乾燥花或塑膠花，花朵的時間像被定格在它最鮮豔的時刻。

「永生花，似乎是法國人發明的。」約翰沒有告訴他，其實這是史密斯提供的主意，「聽說波斯花代表尊敬，以及不畏艱難的品質。當然，這都是次要的，主要是我覺得它的製作方式很特別。」

「很美，謝謝你，」克拉斯打開盒子觀察，永生花的質地和鮮花毫無區別，「我聽說它的製作方式是先把鮮花脫水，再用特殊的液體代替花朵原有的水分。」

「是的，有點像人變成吸血鬼的過程。」約翰說。

「我真佩服你的聯想能力！」克拉斯說，「這麼一想確實有點像。真的很別致，謝謝，我會把它擺在臥室窗臺上。你看，在下著大雪的平安夜，有個年輕的吸血鬼送我花，太夢幻了，現在連愛情肥皂劇都不敢這麼拍。」

約翰想，本來還能更夢幻呢……其實史密斯建議他送玫瑰，但他覺得玫瑰的寓意有點親密過頭了。

克拉斯的房子太偏僻，聽不到市區教堂方向的鐘聲。二樓客房裡，借住的小皮克精們大概在看電視，跟著電視節目一起高唱起耶誕頌歌，彼此祝賀耶誕快樂。已經到零點了。

「耶誕快樂，約翰。」克拉斯看著他。

「耶誕快樂，謝謝你。」約翰說。

「也謝謝你。」克拉斯搖搖手裡的透明盒子。

約翰想說，我指的不是禮物，而是很多很多。

不過他沒有再解釋，反正暫時一言難盡，這樣已經足夠了。

——番外〈每個人的耶誕節〉完

高寶書版集團
gobooks.com.tw

BL058

無威脅群體庇護協會03

作　　者　matthia
繪　　者　hinayuri
編　　輯　林雨欣
校　　對　薛怡冠
美術編輯　彭裕芳
排　　版　彭立瑋

發 行 人　朱凱蕾
出　　版　三日月書版股份有限公司
　　　　　Printed in Taiwan
地　　址　臺北市內湖區洲子街88號3樓
網　　址　www.gobooks.com.tw
電　　話　(02) 27992788
電　　郵　readers@gobooks.com.tw（讀者服務部）
傳　　真　出版部　(02) 27990909　行銷部 (02) 27993088
郵政劃撥　50404557
戶　　名　三日月書版股份有限公司
發　　行　英屬維京群島商高寶國際有限公司台灣分公司
　　　　　Global Group Holdings, Ltd.
初版日期　2021年 7 月

國家圖書館出版品預行編目(CIP)資料

無威脅群體庇護協會/ matthia著.-- 初版. -- 臺北市：三日月書版股份有限公司出版：英屬維京群島高寶國際有限公司臺灣分公司發行, 2021.07-
面；　公分. --

ISBN 978-986-06564-4-2(第3冊：平裝)

857.7　　110004357

三日月書版

三日月書版

GOBOOKS
& SITAK
GROUP©

GOBOOKS
& SITAK
GROUP ©